BBULMEDIA

http://www.bbulmedia.com

http://www.bbulmedia.com

아빠는
신입
사원

아빠는
신입
사원

1판 1쇄 찍음 2015년 10월 2일
1판 1쇄 펴냄 2015년 10월 7일

지은이 | 엉뚱한 양마
펴낸이 | 정 필
펴낸곳 | 도서출판 **뿔미디어**

편집장 | 이재권
기획 · 편집 | 문정흠

출판등록 | 2002년 9월 11일 (제1081-1-132호)
주소 | 경기도 부천시 원미구 소향로 17(두성프라자) 303호 (우) 14544
전화 | 032)651-6513 / 팩스 032)651-6094
E-mail | bbulmedia@hanmail.net
홈페이지 | http://bbulmedia.com

값 8,000원

ISBN 979-11-315-6857-6 04810
ISBN 979-11-315-6221-5 04810 (세트)

Contents

Episode 5

Chapter 3

아빠는
신입
사원

우우우웅.

아침 일찍 이혜령은 회사로 연락하기 위해 움직였다. 하지만 먼저 메시지가 들어오고 있었다.

―마태호 부장이 회사를 장악했음. 당분간 연락하기 힘듦. 전력을 다시 끌어오는 즉시 연락하겠음.

"젠장."

과거나 현재로 간 직원들에게 연락할 수 있는 방법도 해당 층의 전력이 있어야만 가능했다.

즉, LED가 가동되고 있는 상황이어야만 해당 사원과

의 연락이나 그 사원의 동태를 확인할 수 있는 것이었다.

하지만 지금 마태호 부장이 회사를 장악하면서 모든 전력을 차단하는 바람에 예비 전력으로 겨우 불만 밝히고 있는 처지였다.

"실장님, 아침 일찍 일어나셨네요?"

이혜령이 휴대전화를 보며 쓴 미소를 짓고 있을 때, 그녀의 뒤에서 장태광이 다가서며 물었다.

그녀는 재빨리 휴대전화를 숨기며 그를 보았다.

"잠자리 바뀌니 잠이 오지 않네. 그리고 현실에서는 변비라 고생했는데, 왜 이런 불편한 곳에서는 그리 장운동이 잘되는지 원……."

그녀는 애써 핑계거리를 대며 그의 눈길을 돌렸고, 곧 막사로 내려갔다.

"이선우 씨는?"

그녀가 막사로 내려오자 설서빈이 나와 있었고, 그녀에게 이선우의 상태를 물었다.

"아직 일어나지 않고 있습니다. 아마도 어제 그렇게 폭발적인 힘을 갑자기 발휘하는 탓에 무리한 것도 있는 것 같습니다."

설서빈이 답했다. 이혜령은 그녀의 말을 듣고 어제의 일을 떠올렸다.

정말 이석호와 같이 엄청난 힘을 발휘하였고, 그와 같은 움직임으로 이석호를 제압하던 그가 떠올랐다.

"아무튼 조금 더 분발하자. 이곳에서 그놈을 잡아야 우리가 집에 갈 수 있으니, 하루라도 빨리 잡고 가자. 밤마다 화장실 가는 것이, 아주 쥐약이다."

"네, 실장님."

설서빈도 공감하는 말이었다. 남자들은 그저 어두운 곳이라도 쉽게 볼일을 볼 수 있지만, 여자들은 달랐다.

그리고 지금같이 사방 천지가 무서운 과거라면 더욱더 그랬다.

"벗들은 이리 일찍 일어나셨는데, 이 사람은 아직도 꿈나라를 헤매고 있는 것입니까?"

곧 박만돌도 나왔다. 그는 이혜령과 설서빈을 보며 인사한 뒤, 이선우에 대해 물었다.

"이리 오래 잠을 자는 친구가 아닌데, 오늘은 꽤 오래 잠을 자고 있는 것 같습니다."

곧 장태광이 뒷산에서 볼일을 보고 내려오며 그의 물음에 답한 뒤, 자신과 함께 잠을 잤던 이선우가 있는 막사로 들어섰다.

그가 들어선 후, 박만돌도 함께 안으로 들어섰다.

"이 사람이. 지금 시간이 몇 시인데 아직도 자는가!"

박만돌이 큰소리로 외쳤다. 하지만 이는 장난이 섞인 어투였고, 장태광을 돌아보며 웃었다.

그렇게 큰소리를 듣고 벌떡 일어설 것이라 생각하던 두 사람이었다.

하지만 아무런 미동도 없었다. 박만돌은 서서히 표정이 굳어지면서 이선우의 곁으로 다가갔다.

"이보게, 자네 괜찮은가?"

박만돌이 이선우를 흔들어 깨우며 물었다. 하지만 그는 힘없이 몸이 돌려졌고, 온몸에는 식은땀을 줄줄 흘리고 있었다.

"……!!!"

"이보게! 정신 차리게!"

장태광은 놀란 눈으로 그를 보았고, 박만돌은 몸을 흔들며 소리쳤다.

박만돌의 큰 목소리에 막사 외부에 있던 두 사람도 마저 안으로 들어서서 이선우를 보았다.

"비켜보세요."

곧 이혜령이 그의 앞에 꿇어앉으며 가슴에 귀를 대었다.

"이선우 씨!"

그녀는 이선우의 이름을 부르며, 그의 심장 부분을 짓

누르기 시작하였다.

그리고 그의 입에 대고 인공호흡을 하면서 다시 심장을 눌렀다.

그녀의 모습에 박만돌은 적잖이 놀란 눈을 하였다. 여자의 몸으로 남자의 가슴을 누르며 입맞춤을 하는 경우를 본 적이 없기 때문이었다.

하지만 이런 응급처치를 아직 모르고 있을 뿐이었다.

"헉헉헉……."

"깨어났습니다!"

몇 번의 인공호흡에, 또 몇 번의 소생술을 거쳐 겨우 이선우의 호흡이 돌아왔고, 그제야 이혜령은 바닥에 주저앉았다.

박만돌은 이선우를 본 뒤, 바닥에 주저앉은 이혜령을 보았다.

"어의였소?"

"네?"

박만돌이 물었다. 그로서는 당연히 그렇게 생각할 일이었다. 그렇지 않고서야 죽어가는 사람을 이렇게 다시 살려낼 수는 없다고 여기는 조선 시대였다.

"아닙니다. 그저 어디선가 배운 것입니다. 어의가 아니니 다른 환자를 봐달라는 말은 하지 마십시오."

이혜령은 딱 잘라 말했다. 만에 하나 있을 귀찮은 일을 만들지 않기 위함이었다.

"일단 물을 가져다 천천히 먹이세요. 그리고 정신을 들 때까지 옆에서 누가 함께 있어주세요."

"알겠습니다."

이혜령은 두 사람에게 마저 말한 뒤, 막사를 나왔다.

'아무래도 이건 부작용이다. 어제 그런 초인적인 힘을 발휘하면서 신체 내부에 변화가 일고 있는 것이다. 부디…… 악조건의 변화가 아닌, 진화였으면 하는 바람이다.'

그녀는 하늘을 올려다보며 홀로 중얼거렸다.

"실장님, 회사의 모든 전력을 다 차단하였지만, 각 층마다 존재하는 예비 전력은 중앙 제어실에서 차단할 수 없습니다."

한편, 회사에서는 모두 지하 50층에 모여 있는 가운데, 박 실장이 해당 층의 실장에게 말했다.

"중앙 제어실을 통제하고 있어도 자체적인 층마다의 제어장치가 있을 것입니다. 그 제어장치를 풀어 해당 층만을 따로 제어하여 가동시킬 수 있다는 말을 들은 기억이 있습니다."

곧 27층의 실장이 어디선가 들은 기억이 있다는 말을 하였다. 27층의 실장은 여인인데, 30대 초반이며, 운동을 워낙 좋아하여 건장한 체격을 가지고 있다.

"나도 박 실장의 말처럼 어디선가 그런 말을 들은 기억이 있습니다."

곧 39층의 실장도 그녀와 같은 말을 하였다.

두 사람의 말에 50층의 실장은 박 실장을 보았다. 박 실장은 현재 이 회사에서 그 어떤 누구보다 더 시스템을 확실하게 구분하며, 가동하고, 또 제어할 수 있는 능력을 지닌 여인이었다.

"해보겠습니다."

자신을 바라보는 많은 사람의 눈빛에 그녀는 고개를 끄덕거리며 50층의 중앙 컴퓨터에 자리를 잡고 앉았다.

"만약 자체적으로 이곳 50층만 관리할 수 있는 시스템을 가동시킨다면, 충분히 승산 있는 전쟁이 될 수 있네."

중앙컴퓨터에 앉은 그녀의 뒤로 지상 4층의 실장이 다가와 그녀의 어깨를 만지며 말했다.

박 실장은 순간 심장이 두근거렸다. 지금 자신의 어깨에 손을 올린 사람은 지상 4층의 실장이다. 즉, 이 회사에 있는 모든 실장 중에서 서열 2위에 속한 베테랑이었다.

가장 뛰어난 실장은 바로 지상 5층의 주인인 동시에 이 회사의 모든 경영기획을 담당하는 경영기획실장이다. 하지만 그를 본 사람은 거의 없다. 그리고 지상 5층에서 임무를 수행하는 사람이 있다는 말은 들었지만, 역시 본 사람은 없었다.

"해보겠습니다."

박 실장은 다시 두 눈을 크게 뜨며 회사의 중앙 제어실에 맞서 자체적인 제어 시스템을 가동하기 위하여 전면전을 펼칠 준비를 했다.

"깨어났습니다!"

얼마간의 시간이 지났다. 점심을 먹기 조금 전, 이선우가 일어났다는 말이 막사 안에서 들려왔다.

곧 이혜령과 설서빈이 안으로 들어섰고, 다른 막사에서 업무를 보던 박만돌도 바로 달려왔다.

"괜찮은가?"

박만돌이 가장 먼저 물었다.

"내가…… 어찌 되었던 것인가, 기억이 전혀 나지 않고 있네."

이선우는 일어나 바로 앉고는 박만돌의 말을 들으며 다시 물었다.

"말도 말게나. 자네가 죽은 줄 알고 내가 얼마나 놀랐는지 아는가. 그런데 자네의 벗이 자네를 살려주었네."

박만돌은 이혜령을 가리키며 말했다. 이선우는 이혜령을 보며 고개를 숙였다.

"무슨 벗끼리 그리 답을 하는가. 어서 일어나게. 아침부터 굶었더니 등가죽 뱃가죽과 붙어버렸네."

이혜령은 그의 행동을 보며 어색한 어투로 말했다. 하지만 박만돌에게는 전혀 어색하게 들리지 않았고, 그녀를 너무나 신기한 눈빛으로 보고 있었다.

"어서 식사를 준비하게."

박만돌은 곧 포졸들에게 명했고, 포졸들은 점심을 준비하기 시작하였다.

"얼마나 더 가야 하는가?"

한편, 미령은 한시가 급하였다. 그렇다고 말에게 먹이를 주지 않을 수는 없고 간간이 휴식도 취하게 해줘야 하니, 흘러가는 시간이 아깝기만 하였다.

"아무리 빨리 간다고 하여도 내일 오전은 되어야 할 것같습니다."

호위무사가 답을 주었다. 정말 마음이라도 훨훨 날아갈수 있다면, 마음만 날아가서 먼저 보고 싶은 그녀였다.

"박 영감과 함께 계신다고 하니, 그리 빨리 떠나지는 않을 것입니다. 그러니 너무 급하게 서두르지 마십시오."

호위무사는 그녀의 마음을 이해할 수 없었다. 아무리 보고 싶다 해도 남자를 보기 위하여 대갓집 여인이 버선발로 말을 타고 가는 경우는 없었다.

하지만 지금 미령이 딱 그러고 있었다. 마치 지아비를 보러 가는 여인이라 생각할 수 있지만, 아직 미령은 혼인을 하지 않은 상황이었다.

"그런데 내가 궁금한 것이 있네."

점심을 먹은 후, 이선우도 안정된 상황. 박만돌은 그와 차를 마시며 궁금증이 떠올랐다.

"무엇인가? 말해보게."

이선우는 차를 마시며 답했다.

"우리가 잡아야 할, 그 살인범 있지 않은가. 그런데 어제 내가 듣기로는 자네도 그놈을 잡아야 한다고 했는데, 자네도 어디 지방 관아에서 업무를 보는가?"

박만돌의 물음에 이선우는 물론, 설서빈과 장태광, 이혜령이 뜨끔 하는 눈빛으로 서로를 보았다.

"아, 아닐세. 나 같은 떠돌이 선비가 무슨 관직인가. 그런 것은 아니고, 그놈이 나의 소중한 벗을 죽였네. 그래

아빠는
신입
사원

서 이렇게 벗끼리 한데 뭉쳐서 그놈을 찾아 나선 것이네."

"……."

이선우는 마치 소설을 쓰듯 술술 거짓말을 진실처럼 말하고 있었고, 그의 말에 나머지 세 사람은 어리둥절한 표정을 지은 채 서로를 보았다.

"그런 고약한 놈이 있다니! 정말 그놈은 내가 꼭 잡을 것이네! 감히 살인이라니!"

이선우의 말을 들은 박만돌이 더욱더 흥분하여 소리쳤다. 하지만 이선우는 그에게 미안한 마음만이 앞섰다.

진실을 말해줄 수 없으니, 그가 자신의 거짓말을 이해해 주길 바랄 뿐이었다.

"여러모로 그놈의 죄질이 극악하니, 내 꼭 그놈을 잡아 죄를 묻도록 하겠네. 그러니 자네는 너무 걱정하지 말고 몸부터 추스르게나."

"……."

박만돌은 이선우를 진심으로 걱정하는 표정과 어투였다. 그럴수록 이선우의 마음은 편치 못하였다.

"영감, 그자의 용모파기를 모두 제작하여 인근 고을부터 저 멀리 충청도와 강원도, 경상도 아래 지방까지 모두 배포토록 하는 것이 어떠하겠습니까?"

곧 고을 현감이 그에게 다가와 물었다.

"의견은 좋네만, 아직 그놈의 얼굴 생김새도 정확하게 보지 못하지 않았는가. 그런데……."

"내가 보았네. 도움이 된다면 내 기억 속에 있는 그놈의 얼굴을 알려주겠네."

현감의 의견은 좋았다. 하지만 곧바로 박만돌이 현실을 이야기하였다. 그리고 이내 이선우가 현감의 말에 힘을 실어주는 말을 하였다.

이선우의 말은 박만돌뿐만 아니라, 이혜령과 설서빈, 장태광에게도 적잖은 충격을 주었다.

어둠이 짙어 그의 형상을 제대로 볼 수 없는 상황이었다. 이혜령과 설서빈은 그를 오랫동안 쫓았기 때문에 인상착의를 안다고 하지만, 이선우와 장태광은 어제 처음 그와 접했다.

그런데 이선우는 그 짧은 순간에 그의 인상착의를 모두 알아본 것이다.

"정말…… 그자의 생김새를 모두 보았습니까?"

곧 설서빈이 다가서며 물었다. 그러자 이선우는 고개를 끄덕거렸다.

"어서 서둘러라! 용모파기를 완성하여 각 고을에 배포토록 할 것이니, 인원도 확보하라."

"네, 영감!"

박만돌은 바로 실행으로 옮겼다.

"내가 그놈의 얼굴을 그려주겠네. 먹과 종이를 주게."

"자네가? 그림도 그릴 수 있는가?"

박만돌은 의아한 표정을 지으며 물었다. 물론 이선우도 자신이 말해놓고서는 잠시 어리둥절한 표정을 지었다.

그림이라고는 학창 시절에 과제로 해본 후, 단 한 번도 그려본 적이 없었다. 하지만 자신도 모르게 그의 용모파기를 직접 그릴 수 있을 것만 같았다.

곧 먹과 종이가 준비되자 이선우는 이석호의 용모파기를 그리기 시작하였다,

그림이 조금씩 완성되면서 이혜령과 설서빈의 표정이 놀랍다는 기색을 띠었다.

"내가 본 그자의 얼굴이네. 아마 틀림없을 것이야."

"그래? 자네가 확실히 보았다고 하니 그자의 얼굴이 맞겠군. 이 용모파기를 즉각 배포토록 하라!"

"네. 알겠습니다, 영감!"

박만돌의 명령으로 포졸들이 바삐 움직이기 시작하였다. 그리고 이혜령과 설서빈은 서로 눈을 마주하며 여전히 놀란 눈을 하였다.

지금 이선우가 그린 이석호의 얼굴. 정말 사진처럼 아주 정확하게 묘사되어 있었다. 마치 사진기로 증명사진을

찍은 것과 같은 느낌마저 들었다.

"난 이 용모파기를 포도청에 올릴 것이네. 자네는 그동안 쉬고 있겠나. 이곳 막사는 우리 포졸들이 모구 경계를 서고 있으니 안전할 것이네."

"고맙네."

"아니, 아니야. 오히려 내가 고맙네. 한 마을을 쑥대밭으로 만든 범인을 잡지 못하고 있었는데, 이렇게 자네가 용모파기를 완성해 주니 일이 더 쉽게 해결될 모양이야. 정말 고맙네."

이선우의 고마움보다 박만돌의 고마움이 더 컸다. 그는 정말 이석호를 잡고자 사방팔방으로 뛰어다녔다. 하지만 얼굴조차 보지 못한 살인범을 잡기는 힘들었다.

그런 상황에서 이선우의 도움을 받아 앞으로의 수사에 더욱 더 진전이 보일 것 같았다.

"아직 멀었는가?"

한편, 회사에서는 박 팀장이 밤을 꼬박 새며 자체 중앙 제어를 통제하기 시작하였고, 끝마무리가 될 때쯤 50층의 실장이 물었다.

"다 되었습니다. 곧 50층의 자체 전원과 함께 자체 통제가 풀릴 것입니다."

박 팀장의 확답은 그곳에 있는 모두의 얼굴을 밝게 해 주었다.

팟!

그리고 잠시 후, 50층에 전원이 들어오고 일곱 개의 LED에 불이 밝혀지면서 중앙의 대형 모니터에 전원이 공급되었다.

"되었습니다."

"수고했네, 박 팀장!"

모두가 그녀의 어깨를 토닥거리며 격려했다. 박 팀장은 그제야 휴게실로 향하며 커피 한 잔을 마실 수 있는 여유를 가졌다.

"바로 시작해야겠습니다. 마태호 부장이 이 회사의 모든 기능을 다 잠식하기 전에 막아보겠습니다."

50층의 실장이 모두를 보며 말했고, 각 층을 대표하여 모인 나머지 여섯 명의 실장이 그를 보며 각오를 다졌다.

"우선 그 세계에 가 있는 우리 대원들을 귀환시키겠습니다."

첫 번째로 할 일이었다. 과거로 돌아가 이석호를 잡기 위하여 나섰던 사람들은 벌써 하루를 과거에서 보냈다.

이는 지금까지 단 한 차례도 없던 일이었기에, 현실 세계의 가족을 위해 귀환 조치를 취하려는 것이었다.

"먼저 이혜령 실장에게 내용을 보내겠습니다."

LED가 밝혀지면서 과거로 간 이혜령에게 신호를 보낼 수 있게 되었고, 50층의 실장은 곧바로 그녀에게 문자를 송신했다.

웅우우웅.

이혜령은 자신의 안쪽 주머니에 넣어둔 휴대전화가 진동으로 울리자, 그 즉시 자리에서 일어나 사람이 없는 곳으로 향했다.

하지만 휴대전화의 진동 소리는 이선우의 귀에 너무나 생생하게 들렸다.

이혜령과 비교적 가까이 있던 설서빈과 장태광이 듣지 못한 것에 비하면 이선우의 모든 능력은 점점 더 상승하고 있다는 의미였다.

"네, 실장님. 성공하셨습니까?"

이혜령은 곧바로 물었다.

"네. 50층을 자체 제어로 돌렸습니다. 회사의 중앙 제어실을 장악한 마태호 부장도 접근할 수 없을 정도로 철저한 방어벽으로 막아두고 있으니, 앞으로 이 채널을 이용하여 움직이도록 하겠습니다."

50층의 실장은 그녀에게 회사의 모든 상황을 하나하나

다 일러주었다.

"일단 여러분들을 귀환 조치시키겠습니다. 그리고 새롭게 작전을 계획해서 움직이도록 하겠습니다."

"알겠습니다."

모두에게 귀환 조치를 한다는 것은 참으로 다행인 일이었다. 이들에게 과거의 하루가 자칫 현재 시대에서 어떤 시간의 흐름으로 반영될지 모르기에, 과거나 미래에서 오랫동안 머물 수는 없는 노릇이었다.

이혜령은 50층의 실장에게 들은 말을 곧바로 모두에게 알려주었다.

"그럼 지금 바로 귀환하는 것입니까?"

"네. 지금 바로 귀환해야 하니, 준비해 두세요."

이혜령의 말에 설서빈이 물었다. 설서빈과 장태광의 표정은 밝았다. 하지만 이선우의 표정이 그리 밝지가 않았다.

"표정이 밝지 않습니다. 이유라도 있습니까?"

이혜령이 그에게 물었다.

"만약 우리들이 귀환한 후, 이석호가 다시 나타나면 이들의 힘으로 그를 막을 수 없을 것입니다. 우리의 힘이 절대적으로 필요한 시점에 귀환한다면……."

"오래 걸리지 않을 것입니다. 회사로 돌아가 모든 상황을 정리한 후, 다시 올 것입니다. 이석호뿐만 아니라 이런 일을 꾸민 모두를 다 제거할 것입니다."

이혜령은 그에게 자초지종을 모두 말해주고 싶었다. 하지만 지금 이곳에서 말하는 것보다 회사로 돌아가 회사를 보면서 직접 눈으로 보고 느끼는 것이 더 빠를 것이라 여겼다.

"알겠습니다."

이선우로서도 어쩔 수 없었다. 박만돌이 걱정되기는 하지만, 그렇다고 자신이 이곳에 계속 남아 있을 수도 없는 노릇이었다.

"벗에게 인사라도 하고 가겠습니다."

이선우는 자리에서 일어나 한양으로 향할 준비를 하고 있는 박만돌을 만나기 위하여 움직였다.

"이보게."

곧 떠날 채비를 하던 박만돌을 불러 세웠다.

"자네가 한양에 다녀오는 시간이 얼마나 걸리겠는가?"

"닷새 정도가 걸릴 것 같네. 걱정 말게나. 최대한 서둘러 돌아오겠네."

"그래? 그럼 나도 고향에 좀 다녀오겠네."

"함양 말인가? 그래, 다녀오게나. 얼추 자네가 다녀오는 시간과 내가 다녀오는 시간이 비슷할 것 같네."

이선우는 현실 세계로 간다는 말을 하지 못했다. 그냥 고향으로 간다는 말을 하였고, 그와 짧은 인사를 나누며 잠시 작별을 고했다.

박만돌은 이선우가 그린 용모파기를 들고 직접 한양으로 향하였고, 이선우는 그의 떠나는 모습을 본 뒤, 다시 이혜령의 곁으로 왔다.

"그럼 가겠습니다. 모두 한쪽으로 모이십시오."

이혜령의 말에 모두 모였다. 이선우도 저 멀리 가고 있는 박만돌의 뒷모습을 보며 그들의 옆으로 섰다.

"실장님, 귀환 준비가 되었습니다. 소환해 주십시오."

"소환을 실시하세요."

이혜령의 답이 들려오자마자 50층의 실장은 곧바로 그들을 회사로 소환하였다.

"……."

네 명이 동시에 회사로 왔다. 그리고 항상 넓게만 느껴졌던 사무실이 굉장히 좁아 보일 정도로 많은 사람들이 모여 있었다.

"저 사람이 그 이선우 씨입니까?"

50층의 실장과 39층의 실장을 제외하고 이곳에 있는 나머지 다섯 명의 실장은 이선우를 처음 보았다. 그리고 곧 27층의 박 실장이 물었다.

"네. 저 사람이 우리 50층의 신입 사원이었던 이선우 사원입니다. 하지만 지금은 신입 사원이 아니라 우리 회사의 최고 베테랑이라고 할 수 있을 정도입니다."

50층의 실장은 박 실장의 질문에 이선우의 옆으로 서며 간략한 소개와 함께 그를 치켜세워 주었다.

"자, 이제 우리가 이들에게 지금의 상황을 설명할 차례군요."

이선우에 대한 간략한 소개가 끝나자마자 지상 4층의 실장인 50대 초반의 이기석 실장은 현실을 바로 직시하며 말을 꺼냈다.

조금 전까지 그나마 입가에 있던 미소들도 모두 사라졌다.

"그 설명은 제가 하겠습니다."

50층의 실장이 나섰다. 그는 지하 50층이라는 최하위 그룹의 실장이지만, 능력은 이미 이 회사에서 인정된 상태였다.

그리고 그가 왜 신입 사원들이 모이는 지하 50층을 관장하는 주인이 되었는지는 그와 한 달만 함께 생활해도 바로 알 것이다.

바로 그의 능력. 첫 단추를 잘 꿰어야 나머지 단추도

아빠는
신입
사원

잘 꿰어진다는 말이 있듯이 회사 입사 후, 처음 겪는 모든 것을 잘 소화해야만 앞으로 있을 모든 의뢰를 잘 처리한다는 방침에 따라 회사가 최고의 베테랑 중 한 명인 그에게 50층의 실장을 맡긴 것이었다.

이는 이선우가 직접 경험하였기에 바로 인정할 수 있었다.

"지금 마태호 부장이 이 회사를 점령하였습니다."

50층의 실장은 중앙 모니터의 앞으로 이동하여 첫말을 꺼냈다. 그는 곧 박 팀장에게 눈짓을 주었고, 휴게실에서 잠시 휴식을 취하고 나온 박 팀장은 중앙 모니터에 마태호의 사진을 띄웠다.

"나이는 50대 중반이라 알려져 있습니다. 그리고 회사 입사 년도는 물론, 기타 그에 대한 세부 자료는 모두 시크릿이기에 중앙 통제실을 장악하지 않는 한, 그에 대한 자세한 내용은 파악하기 힘듭니다."

50층의 실장은 중앙에 서서 그곳에 모인 모두를 고루 보며 말했다.

"그 사실을 회장님과 경영기획실장님은 알고 계십니까?"

이혜령은 이미 알고 있는 사실이지만, 모두가 잘 알 수 있도록 다시 질문하였다.

"불행하게도 현재 회장님과 경영기획실장님은 미래에 계십니다. 미래에서 넘어온 의뢰에 대해 세부적인 내용을 확인하러 직접 가신 것인데, 이것 또한 마태호의 계획 중 일부라고 보입니다."

"이유는요?"

50층의 실장이 바로 답을 하였고, 이혜령도 바로 다시 질문을 하였다.

"두 사람은 마태호 부장을 비롯하여 이곳에 있는 모든 실장이 다 힘을 합친다고 하여도 이겨낼 수 없다는 것을 마태호 부장도 잘 알고 있기 때문입니다. 그래서 두 사람이 없는 시점을 시작 시점으로 잡아서 이와 같은 쿠데타를 꾀한 것이라 보입니다."

이선우의 눈동자가 잠시 흔들렸다. 그는 회장을 잠시 만났었다. 그리고 너무나 낯익은 그의 외모에 왠지 모를 친근감도 느꼈었다.

"회장님과 경영기획실장님이 돌아오시면 되지 않습니까?"

이번엔 장태광이 질문하였다.

"그리된다면 참으로 쉬운 결론이 나옵니다. 하지만 애석하게도 회장님과 경영기획실장님이 이용하시는 텔레포트는 우리가 이용하는 것과는 다릅니다. 안전이나 기타 비밀리에 만나야 할 사람들이 많기에 중앙 통제실에서만 그 통제를 가능케 합니다."

질문에 대한 답은 쉽게 이해가 되었다. 그런 대단한 사람들이 평범한 직원들이 움직이는 LED를 이용하여 어딘가로 간다는 것 자체가 이상했다.

"중앙 통제실과 중앙 제어실이 있습니다. 두 곳 모두 이미 마태호 부장이 장악한 상황이라 우리는 여기에 있는 사람들 외에 그 어떤 누구와도 연락을 주고받을 수 없는 상황입니다."

50층의 실장의 말에 이어 이번엔 이기석이 마저 설명하였다.

"두 곳을 우리가 장악할 수는 없습니까?"

이선우가 물었다. 모두가 그를 보았다.

"좋은 질문입니다. 그 두 곳을 우리가 장악한다면 일은 쉽게 풀립니다. 하지만 애석하게도 조금 전에 말씀드렸듯이, 우린 지하 50층에 갇혔습니다. 즉, 이곳에 있는 사람들 외에는 그 어떤 누구와도 소통할 수 없습니다. 물론…… 외부로 나갈 수도 없습니다."

이기석이 답했다.

"소환되어도 결국 집에는 갈 수 없다는 말이네요."

장태광이 말했다. 그의 말처럼 소환되어 과거에서 돌아

오긴 했지만, 여전히 집으로 갈 수 없는 처지였다.

"결론은 한 가지입니다. 하루라도 빨리 이 모든 것을 계획한 마태호를 잡아 그의 무리를 뿌리 뽑고, 또한 과거를 휘젓고 다니는 이석호를 마저 처리하는 것이 우리 모두가 다시 외부로 나갈 수 있는 방법입니다."

결론은 모두 잡으라는 말이었다.

"단번에 모든 일을 끝내기 위하여 여기서 팀을 새롭게 구성하여 각자의 일을 분배하도록 하겠습니다."

50층의 실장이 다시 나섰다. 그러자 모두가 그를 보았다.

"현재 작동 가능한 LED는 총 일곱 개입니다. 그리고 각 실장님은 여덟 분입니다."

기존 일곱 명의 실장에 이혜령이 더해지면서 여덟 명이 되었다.

"굳이 일곱 곳으로 나눠 움직일 필요는 없으니, 구성원을 제대로 갖춰 최대한 유용하게 움직이도록 하겠습니다."

실장의 인원수에 맞춰 팀을 꾸릴 필요가 없음을 말하였다.

"그럼 마태호를 잡을 팀과 이석호를 잡을 팀, 그리고 이 사실을 회장님과 경영기획실장에게 알릴 팀으로 나누어 일을 진행토록 하는 것은 어떻습니까?"

지금 현재 이선우가 있는 39층의 실장인 서 실장이 의견을 제시하였다.

"그렇게 하도록 하겠습니다."

그의 의견은 바로 받아들여졌고, 모두가 찬성하는 듯 고개를 끄덕거렸다.

"먼저 회장님과 경영기획실장에게 이 사실을 알릴 사람은 지하 25층 실장님과 지상 2층 실장님께서 맡아주십시오."

"알겠습니다."

지상 4층 실장인 이기석의 말에 별다른 대꾸를 하지 않고 두 실장은 바로 답하였다.

"마태호와 함께 그를 따르는 이들을 저지할 사람으로는 39층 실장님과 27층 실장님, 지하 5층 실장님, 그리고 제가 맡도록 하겠습니다."

"알겠습니다."

이번에도 역시 아무런 반발 없이 모두들 바로 답했다.

"50층의 실장님께서는 이곳을 지켜주십시오. 그 어떤 누구보다 중앙을 잘 다루는 분이 바로 실장님입니다. 맡아주십시오."

"알겠습니다."

50층의 실장은 안방을 지키기로 하였다.

"마지막으로 이석호와 그 무리를 잡을 사람은 이혜령 실장을 중심으로 이선우 씨와 장태광 씨, 그리고 설서빈 씨로 하겠습니다."

"네, 알겠습니다."

이석호를 쫓는 사람은 변동이 없었다. 처음 함께했던 사람들이 그대로 이석호를 쫓기로 하였다.

"그럼 바로 움직이도록 하겠습니다."

시간을 지체할 수 없었다. 하루라도 빨리 이 일을 마무리해야 하는 상황이었다.

무엇보다 이선우는 자신을 기다리고 있을 가족들이 걱정되어 서둘러 이 일을 마무리 짓고 싶었다.

"회장님께 갈 사람은 이곳의 LED를 이용하여 미래의 각 지역을 모두 돌아보도록 하겠습니다. 다른 방법이 없으니 시간이 소요되더라도 그렇게 진행하겠습니다."

팀이 형성되었으니 이제 계획을 짜내야 할 상황이었다. 무엇보다 회장에게 지금의 상황을 알리는 것이 급선무였다.

하지만 마땅한 방법이 없었다. 회장 전용 텔레포트를 이용한다면 그가 어디에 있는 바로 알 수 있을 것이다. 하지만 회장의 이동 경로는 중앙 통제실 외에는 그 어떤 곳

아빠는
신입
사원

에서도 알 수 없기에 지금으로서는 여러 곳을 계속하여 찾아다니는 방법밖에 없었다.

"바로 움직이세요."

시간을 지체할 수 없기에 회장에게 현 상황을 알릴 지하 25층과 지상 2층 실장은 곧바로 하나의 LED 위로 올라섰다.

"2199년 명왕성으로 갑니다."

"명왕성?!"

두 사람이 LED 위에 오른 후, 박 팀장이 그들이 갈 목적지를 말하자 이선우가 놀란 눈을 하며 말했다.

"정말 명왕성에 사람이 살고 있습니까?"

아무리 과학이 발달한다고 하여도 얼음 왕국인 명왕성에 사람이 살 수 있을 것이라고는 도저히 믿을 수 없었다.

"과학의 발전은 그 누구도 알 수 없습니다. 그리고 제가 언젠가 말했듯이, 우리에게 일을 의뢰하는 사람은 어느 미래에 살고 있는 사람인지 알지 못한다고 하였습니다."

이선우에게 50층의 실장이 답했다. 그가 한 말을 다시 생각한 이선우는 고개를 살며시 끄덕거렸다.

2199년의 명왕성으로 간다는 말은 했지만, 그보다 더 먼 미래까지 다녀온 기술이 있을 수도 있다는 말이었다.

즉, 앞으로 천 년 후, 만 년 후에는 충분히 명왕성까지도 갈 수 있는 과학이 등장할 수도 있다는 말이었다.

이선우에게 간략한 설명이 더해진 뒤, 곧바로 LED가 가동되었고, 두 사람은 빛보다 더 빠르게 그 자리에서 사라졌다.

"이제 이석호를 잡을 팀을 이동시키도록 하겠습니다."

다음으로 이선우가 속한 팀이 이동할 차례였다.

"마태호는 어떻게 잡을 생각이십니까?"

이선우가 LED 위로 오르기 전에 50층의 실장에게 물었다. 그러자 그는 대답 대신 이기석을 바라보았다.

"시간을 지금보다 하루 전으로 돌려서 갈 것입니다. 그리고 마태호가 이번 작전을 수행하기 전에 저지할 것입니다."

이기석이 답을 주었다.

"그럼 지금 현재의 우리보다 하루를 더 늦게 살고 있는 어제의 사람들에게는 지금의 일이 일어나지 않겠군요."

"……."

모두가 이선우를 보았다. 그의 말이 정답이었다. 현재 일어난 일은 이제 돌릴 수 없었다. 다시 말해서 이선우는 지금 상황에서 벗어날 수 없지만, 하루를 더 늦게 살고 있는 어제의 사람들에게는 오늘과 같은 일이 일어나지 않을 것이다.

"방법이 없습니다. 지금의 현재는 이미 사건이 일어나
버린 상황입니다. 그러니 과거라도 이와 같은 일이 일어
나지 않도록 막자는 것입니다. 그것이…… 우리가 지금까
지 해오던 일이었습니다."

이기석이 다시 답을 주었다. 맞는 말이었다. 이것도 일
종의 의뢰였다. 하루 전인 어제의 일을 의뢰받은 것이라
생각하면 이해가 빨랐다.

"마태호 쪽은 실장만 네 명에서 구성되었으니 차질 없
이 진행할 수 있을 것입니다. 그러니 이혜령 실장이 이끄
는 팀에서 이석호만 잘 잡아주십시오. 그를 잡아야 가장
뒤에 숨은 놈을 찾아낼 수 있습니다."

이혜령을 비롯하여 나머지 세 명이 LED를 통해 과거
로 가기 전, 이기석이 그들에게 다시 한 번 당부하였다.

이선우는 그의 말을 들은 후, 비장한 표정을 지었다.
비단 지금의 상황을 해결하기 위함뿐만 아니라, 과거에서
그가 저지른 만행에도 그에 합당한 처벌을 내리고자 하였
다.

"이번 의뢰를 끝내고…… 시원하게 맥주나 한잔들 합시
다."

네 사람이 LED 위로 오른 뒤, 이기석이 그들을 보며

말했다. 그 말에 이혜령이 먼저 미소를 지었고, 설서빈과 장태광은 고개를 끄덕거렸다. 하지만 이선우는 별다른 반응을 보이지 않았다.

"잘 다녀오십시오."

LED에 불빛이 밝혀지기 직전, 50층의 실장은 이선우 앞에 섰다. 그러곤 그의 어깨에 손을 올리며 나지막한 목소리로 말했다.

이선우는 자신에게 이런 세상을 처음 보여준 그를 믿기에 미소를 지은 뒤 눈을 감았다.

"이곳은 우리가 있던 곳이 아닙니다."

과거로 다시 돌아왔다. 하지만 조금 전까지 있던 곳이 아니었다. 장태광의 말에 모두가 눈을 뜨며 앞을 보았다.

한적한 마을이었다. 사람들의 왕래도 어느 정도 있어 겉보기에는 아무런 일이 없는, 그저 평범한 마을처럼 보였다.

"처음부터 실수한 것 아닙니까?"

설서빈이 이혜령을 보며 물었다.

"우리가 조금 전에 있던 곳으로 다시 가야 할 이유는 없습니다. 우린 이석호를 잡고자 온 것이니, 아마 실장님 께서 그가 있는 곳에서 가장 가깝고 안전한 장소로 보내

주셨을 것입니다."

두 사람과는 달리 이선우는 현실을 제대로 보았다. 그의 말처럼 굳이 처음에 있던 곳으로 다시 갈 필요는 없었다. 그곳에는 이미 이석호가 다녀갔고, 그가 없다는 것을 확인하였다.

"이선우 씨의 말이 맞아요. 우린 이석호를 잡는 것이 목적입니다. 물론 그가 어디에 있는지 아직 모르지만, 분명 이곳으로 보낸 이유가 있을 것입니다."

여느 때의 의뢰와 같은 것이다. 의뢰를 받아 과거나 미래로 가게 되면 항상 연관된 어느 지점으로 보내주었다.

지금도 그런 상황과 다를 바 없다고 여기면 될 일이었다.

"일단 주변을 둘러봅시다. 50층의 실장께서 이곳으로 우리를 보낸 의도를 먼저 파악하는 것이 중요할 것 같습니다."

이혜령이 앞서 걸으며 말했다. 그녀의 움직임에 세 사람도 함께 그녀의 뒤를 따라 움직였다.

"청주……?"

마을 안으로 들어서자 이혜령이 말했다.

"청주라 하셨습니까?"

설서빈이 물었다.

"이곳은 청주인 것 같습니다. 어제 우리가 있던 곳보다 서울 방향으로 조금 더 올라온 것 같습니다."

그녀가 청주라고 단정한 이유는 곧바로 알 수 있었다. 세 사람의 눈에도 약 30미터 전방에 청주 관아가 보였다.

"이곳 관아에 포졸들이 많은 것을 보니, 박만돌이라는 사람의 명이 빠르게 전달된 모양입니다."

이혜령의 말처럼 청주 관아에는 많은 포졸들이 모여 있었다. 그들은 모두 병장기를 날카롭게 하여 경계를 서며 주변 사람들의 검문을 엄격하게 진행하고 있었다.

"괜히 저들의 눈에 띄어 좋을 것은 없으니, 되도록 포졸들의 눈을 피해서 이석호를 찾도록 하겠습니다."

"네, 알겠습니다."

이곳에 온 첫날에는 박만돌을 만난 덕분에 포졸들의 의심을 없앨 수 있었다. 하지만 지금 이곳에는 박만돌이 없었다.

그러니 저들에게 괜한 심문을 당한다면 신분을 증명할 명패 또한 없으니 난처한 상황이 벌어지는 것은 당연지사였다.

이혜령의 말에 모두는 다시 발길을 뒤로하고 관아 인근에서 더 멀어지려 하였다.

"거기…… 잠시 서보시오."

하지만 채 다섯 발도 떼지 못하고 한 무리의 포졸들에게 잡히는 신세가 되었다.

"행색이 이 고을 사람들이 아닌 것 같은데, 어디서 온 자들인가?"

한 사내의 목소리가 들렸다. 하지만 일행 누구도 쉽게 몸을 돌려 그의 물음에 답하지 못했다.

"말을 하지 않는다는 것은 수상한 자들이라는 소리와 같다. 당장 이놈들을 포박하라!"

"아닙니다. 소인들은 한양으로 향하던 길인데, 청주가 처음이라 주막을 찾고 있는 중이었습니다."

사내의 고함 소리에 이선우가 몸을 돌려 그에게 말했다.

"어디서 온 자들인가?"

"함양에서 왔습니다."

"함양? 꽤 멀리서 온 자들이군. 하지만 조금 전의 일은 잘못한 것이다. 지금은 조선 팔도를 떠들썩하게 만든 살인자를 찾고 있는 중이다. 다행히 네놈들이 그들의 행색과 일치하지 않아 내 의심은 접어두네만, 조심하거라."

"네. 알겠습니다, 나리."

이선우의 말에 의외로 쉽게 그들은 물러났다. 자칫 성질 더러운 관리를 만났다면 어찌할 도리 없이 수감될 것은 뻔한 일이었다.

이는 이미 조선 시대의 임무를 맡아온 이들에게는 모두 경험이 있는 일이었다.

"휴, 괜히 살 떨리네요."

그들이 물러난 후, 장태광이 가슴을 쓸어내리며 말했다.

"그나마 정신이 제대로 박힌 포졸이어서 다행입니다. 어서 서둘러 이동해야겠습니다."

한 번 넘어갔다고 두 번도 그냥 좋게 넘어간다는 보장은 없었다. 이혜령은 서둘러 관아에서 멀어지려 하였다.

"저놈들입니다요."

"……!!"

곧 몸을 돌려 걸음을 옮기려는 순간, 조금 전 사내의 목소리가 다시 들렸고, 네 사람은 놀란 눈을 한 채 뒤돌아보았다.

그러자 약 서른 명에 가까운 포졸들과 함께 그 사내가 다시 다가왔다. 옆으로는 건장한 체격을 가진 사내가 한 명 더 서 있었다.

"이놈들이 수상한 행동을 한 것인가?"

"네, 별감(別監) 나리."

그가 끌고 온 사람은 별감이었다. 별감은 유향소에 속

한 직책으로, 한 고을의 좌수에 버금갈 만큼 높은 직책이
었다.

"너희들의 행적이 의심스럽다는 보고가 들어왔다. 어디
서 온 누구인지 소상하게 아뢰라."

별감의 체격은 정말 거대했다. 키도 크고 덩치도 곰만
했다. 그런데다 목소리마저 굵직하니, 네 사람의 기를 죽
여놓기에는 딱이었다.

"조금 전에 모두 말씀드렸습니다. 소인들은 함양에
서……."

"함양에서 오늘 길이라면 대전을 지났을 터, 그곳에는
지금 살인범을 추적하고자 포도청에서 직접 나가 계신 분
이 있다. 그분을 마주치지 않고 대전을 지나쳐 온 것인
가?"

별감은 조금 전 사내와는 전혀 다른 질문을 하였다.

"포도청에서 나오신 분이라면…… 혹, 박만돌 영감을
말씀하시는 것인지요?"

"네 이놈! 감히 어디서 그분의 존함을 함부로 입에 담
느냐!"

이선우가 답했다. 그러자 별감은 버럭 소리치며 이선우
를 다그쳤다.

"소인, 별감 나리의 물음에 답한 것 외에는 다른 뜻이

없습니다. 그러니 소인의 잘못 또한 없다는 것을 말씀드
립니다."

"뭐라!"

이선우의 말에 별감도 놀랐지만, 그보다 더 놀란 사람
은 세 동료였다. 굳이 따지고 들 필요까지는 없는 상황이
지만, 이선우의 성격상 그냥 넘어가지 않은 것이 화근이
었다.

"아무래도 그저 평범한 이들은 아닌 것 같다. 모두 관
아로 압송하라!"

"네, 나리!"

별감의 큰 목소리에 포졸들이 답하였고, 네 사람의 곁
으로 다가와 포승줄로 포박하기 시작하였다.

"잘하셨소. 그냥 좋게 좋게 넘어가시지……."

이선우의 행동이 못마땅했던 장태광이 그를 보며 말했
다. 하지만 이혜령과 설서빈은 달리 말을 하지 않았다.

"어쩌면 이선우 씨의 행동이 더 잘된 것인지도 모르겠
습니다."

"네? 그게 무슨 말씀입니까?"

포졸들에 의해 관아로 압송되던 중 이혜령은 어느 한곳
을 뚫어지게 보면서 말했고, 그녀의 말을 이해하지 못한

장태광이 물었다.

"관아 옆…… 이석호의 부하 중 한 명입니다."

"……!!"

그녀의 말에 모두의 시선이 관의 담벼락 옆으로 돌아갔다. 그러자 일행을 보며 마치 비웃는 듯한 표정을 한 사내가 보였다.

"이석호의 부하는 아직 누군지 알 수 없습니다. 그런데 실장님께서는……."

"난 이미 이석호를 쫓은 지 꽤 되었습니다. 그놈은 물론, 그놈의 부하를 모를 리 없죠."

이혜령의 말처럼 그녀는 그들을 추적한 지 오래되었다. 이석호 패거리를 당연히 모두 알고 있다는 의미였다.

"일단은 관아로 압송되어 다시 소환한 뒤, 저놈들의 뒤를 쫓도록 하겠습니다."

"알겠습니다."

과연 그런 방법이 있었다. 지금은 특별한 상황이기에 원하면 언제든지 소환 절차를 밟을 수 있는 시기였다.

"별감 나리, 지금 관아에 좌수 나리께서 와 계십니다. 만나보시겠습니까?"

"……."

별감과 함께 관아로 들어설 때, 딱 봐도 아전 중의 우두머리라 할 수 있는 이방처럼 보이는 사내가 다가와 그에게 말했다. 하지만 별감은 탐탁지 않은 표정으로 아무런 대꾸를 하지 않았다.

"내가 알아서 할 테니, 그만 가보거라."

"네, 나리."

이방은 그의 답을 들은 후, 곧바로 다시 향청으로 향하였다.

"쓸데없는 인간들……."

이방이 물러난 후, 별감은 표정을 찌푸리며 격한 말을 내뱉었다.

"나리, 이놈들은 어찌할까요?"

"내가 직접 심문할 것이니, 옥에 가두어두거라."

"네, 나리."

포졸의 말에 별감은 그들을 한 번 훑어본 후 명령 내렸고, 곧 포졸들은 네 사람을 끌고 옥으로 향하였다.

"나리! 지금 한양에서 누가 내려왔는데, 나리를 찾습니다요. 다짜고짜 별감 나리를 만나야 한다면서 향청으로 향하는 것을 간신히 말려 동헌 앞마당에 있도록 하였습니다요."

별감이 동헌으로 향하려 할 때, 포졸이 급히 다가와 그에게 말했다.

"누구더냐?"

"이름은 밝히지 않았으나, 여인이었습니다. 그리고 별감을 만나 뵙고 나면 모두 알 것이라 하였습니다요."

포졸의 말에 별감은 동헌을 바라보았다.

"아가씨, 이곳 별감을 만나면 대전까지 가는 길은 안전할 것입니다."

"나도 그렇게 생각하는구나. 박만돌 영감의 사람이니 나를 반갑게 맞이해 줄 것이다."

별감을 찾아온 사람은 다름 아닌 미령이었다. 그녀는 이선우를 만나기 위하여 한양에서 대전으로 향하던 길에 청주에 들러 말을 바꿔 타고 가려 하였다.

"어서 걸어라!"

미령이 동헌 앞에서 별감을 기다리고 있을 때, 이선우를 비롯하여 네 명을 포박한 포졸들이 그들을 심하게 끌며 소리쳤다.

"이곳에도 죄인들이 꽤 있는 편입니다."

그들을 보며 호위무사가 말했다. 하지만 아직 미령의 시선은 그들에게 향하지 않았다.

"과거 때도 아닌데 무슨 일로 함양에서 한양까지 가려다 이런 봉변을 당하는 것이냐. 쯧쯧……."

"함양?"

포졸들은 이선우 일행을 끌고 가며 말했다. 그 말이 귀에 들어오면서 그제야 미령의 시선이 이선우에게로 향하였다.

"선……비님……."

미령은 마치 귀신을 본 듯 선우를 보며 멍한 눈을 했다.

"미령 아가씨 아니십니까? 이곳에는 어쩐 일로 오셨습니까?"

곧 다가온 별감이 그녀를 보며 말했고, 미령이라는 말에 이선우의 시선도 그녀에게 향하였다.

"미령…… 아가씨?"

이선우도 그녀를 기억하고 있었다. 비록 박만돌처럼 나이가 들었지만, 예전의 그 아름다운 미모는 그대로 간직한 듯 주름 하나 없이 나이만 먹은 것 같았다.

"어서 움직여라!"

이선우가 미령을 보며 걸음을 멈추자 포졸이 다시 소리쳤다. 하지만 이선우는 쉽게 걸음을 떼지 않고, 미령의 시선도 그에게서 떨어지지 않았다.

"이놈이!"

퍽!

결국 포졸은 들고 있던 창으로 이선우를 내려쳤다.

"그만하시오!"

"……!!!"

갑자기 미령에게서 큰 목소리가 터져 나오자 별감은 물론, 포졸들과 함께 끌려가던 사람들도 모두 놀란 눈으로 그녀를 보았다.

"미령 아가씨?"

별감은 그녀의 행동에 의아한 표정을 지으며 불렀지만, 미령은 그를 쳐다보지도 않고 곧바로 이선우에게로 향하였다.

"선비님…… 이게 어떻게 된 일입니까?"

"……!!!"

미령의 행동에 별감이 놀란 눈으로 그녀를 보았다.

"이곳에는 어쩐 일이십니까? 박만돌 영감은 오늘 아침 일찍 한양으로 향했습니다. 혹여…… 만나지 못하셨습니까?"

이선우는 그녀를 보며 물었다. 하지만 그녀에게는 박만돌이 중요한 것이 아니었다. 지금 자신 앞에 그토록 보고 싶어 하던 이선우가 포박당한 모습에 눈물만 흘러나왔다.

"아가씨, 이자를 아십니까?"

곧 별감이 다가와 물었다.

"이분이 무슨 잘못을 하셨습니까?"

미령은 그를 안다는 말을 하기 전에 그의 죄를 먼저 물었다.

"특별한 죄는 없습니다. 단지 심문에 불응하여 옥에 가둔 후, 자세한 내막을 듣고……."

"이분은 박만돌 영감의 벗이며, 저와도 벗인 선비님이십니다."

"네?!"

미령의 말에 별감은 놀란 눈으로 이선우를 보았다. 이혜령과 설서빈, 장태광도 당황스러워하며 이선우를 보았다.

"어서 풀어주십시오. 이분은 지금 조선의 모든 군졸이 찾고 있는 그 살인범이 아닙니다."

"네. 알겠습니다, 아가씨."

미령의 말에 별감은 두말하지 않고 네 사람을 바로 풀어주었다. 그러자 미령은 이선우의 앞으로 다가가 그의 옷매무새를 바로잡아 주었다.

"선비님, 정말 선비님이 맞으신지요?"

"네, 소인 이선우입니다. 아가씨께서 생각하시는 그 벗이 맞습니다."

그녀의 눈에는 여전히 눈물이 고여 있었다. 이선우는 그녀의 질문에 답하며 그녀를 보았다.

"안으로 모셔야 할 것 같습니다. 혹여 향청에 누가 있습니까?"

미령은 별감에게 물었다.

"지금 좌수 나리가 와 있다는 보고를 받았습니다."

"좌수는 박만돌 영감과 대적하는 사람입니다. 그에게 보여 좋을 것이 없으니, 이 사람들을 데리고 인근 주막으로 가겠습니다. 괜찮겠는지요?"

"물론입니다. 제가 곧 따라갈 터이니, 먼저 가 계십시오."

의외의 전개가 벌어졌다. 옥에 갇힌 후, 소환을 통해 다시 나와서 이석호의 부하를 잡을 생각이었다. 하지만 생각지도 못한 이선우의 벗을 만나면서 손쉽게 관아에서 빠져나오게 되었다.

"시장하실 테니, 요기라도 먼저 하십시오."

미령은 네 사람을 데리고 관아에서 나와 인근 주막으로 향한 뒤, 곧바로 그들에게 푸짐한 상을 내놓았다.

"이거… 지난날 박 선비가 나에게 베풀었던 그 상차림과 흡사합니다. 하하하."

이선우는 조선 시대 상차림을 오랜만에 보았다. 그러자 자연스레 예전의 기억이 떠올랐다.

박만돌과 함께 과거 시험을 보러 가던 중, 그와 함께 먹었던 그때의 음식들. 그리고 지금, 그때 먹은 모든 음식들이 한 상에 다 차려져 있었다.

"하… 이거, 애매하게 되어가네. 어떻게 저놈들이 저리 쉽게 나왔지?"

한편, 주막 건너편에서는 이석호의 부하가 그들을 보며 중얼거렸다. 그들이 잡혔으니 관아를 급습하여 몰래 죽이려 하였다. 하지만 옥에 갇히기도 전에 나와 버린 것에 의아한 눈빛을 하였다.

"일단 형님에게 알려야겠군."

이석호의 부하는 다시 모습을 감추며 그곳을 벗어났다.

"정말 이게 얼마 만입니까? 이 선비님을 뵙고자 연통을 받은 즉시 한양에서 출발하였습니다. 혹시나 길이 어긋날까 하여 조바심이 있었는데, 이렇게 만나게 되어 다행입니다."

미령은 그를 향한 시선을 단 한 번도 떼지 않았다.

"아가씨도 좀 드십시오. 저희들만 먹으니……."

"괜찮습니다. 이제 먹지 않아도 배가 부른 것 같습니다."

아빠는
신입
사원

그 말에 이선우는 입으로 가져가던 반찬을 살며시 내려놓으며 그녀를 보았다.

그 당시에는 벗을 위해 죽어도 될 정도로 서로를 아끼던 때였다. 그 모습에 반해 미령은 좌의정에 여식이면서도 이들과 친분을 쌓고 벗이 되었다.

그리고 그 감정은 세월이 지나도 변하지 않았고, 죽기전 단 한 번이라도 보고 싶던 그를 만난 것에 배고픔도 잊었다.

"아가씨."

곧 별감이 다가왔다. 관아의 업무를 종료한 후, 곧바로 달려온 것이었다.

"앉으세요, 나리."

미령은 그를 이선우의 앞에 앉도록 하였다. 그리고 별감에게 이선우와 자신, 그리고 박만돌, 세 사람이 벗이 되었던 당시의 이야기를 모두 해주었다.

"정말 대단한 분들이십니다. 하나밖에 없는 목숨을 벗을 위해 기꺼이 내놓으려 하시다니요. 소인에게도 그런 벗이 한 명이나마 있었으면 하는 바람입니다."

별감은 미령의 말을 들은 후, 정말 놀란 눈으로 이선우를 보았고, 이혜령과 설서빈, 장태광도 이선우를 보는 눈빛을 달리 하였다.

"인사 올립니다. 소인 청주 관아 별감, 이장태입니다."

"말씀 낮추십시오. 소인은 관직도 없으며, 그저 평범한 사내입니다."

이장태가 대뜸 자리에서 일어나 말을 높이며 인사하자 이선우는 당황스러운 표정을 지으며 오히려 더 고개를 숙이며 말했다.

"아닙니다. 아가씨의 벗이며, 박만돌 영감의 벗이라면 저에게는 그 두 분과 견주어 손색이 없으신 분이라 간주됩니다. 그러니 당연히 말을 높여야 하지 않겠습니까? 하하하!"

이장태는 자신의 생각을 말한 뒤, 큰 소리로 호탕하게 웃었다. 그의 웃음소리가 워낙 호탕하여 주변에 있는 다른 사람들마저도 절로 웃음이 나올 정도였다.

"그럼 오랜만에 만난 벗과 그동안의 밀린 대화나 나누고 있으세요. 우리들은 청주에 왔으니 청주 구경이나 하면서 시간을 보내도록 하겠습니다."

적당히 요기도 때웠으니 길게 앉아 있을 시간이 없었다. 이혜령이 먼저 자리에서 일어나며 말하자 설서빈과 장태광도 따라 일어섰다.

"그렇게 하십시오. 포졸들에게 당신들에 대한 이야기는 다 해두었으니, 앞으로 당신들을 막아설 포졸은 없을 것입니다."

이혜령의 말에 이장태가 그들을 보며 말했고, 이혜령은 다시 이선우에게 눈짓을 보냈다.

이선우는 그녀가 한 말이 무엇을 뜻하는지 알기에 고개를 끄덕거렸다.

"벗들과 함께하지 않으셔도 되겠습니까?"

그녀가 이선우를 보며 물었다.

"저들은 매일 볼 수 있는 사람들입니다. 하지만 아가씨는 아니지요. 그래서 저들이 일부러 자리를 비켜주는 것 같습니다."

이선우는 지금 그녀로 하여금 얻은 기회를 놓치지 않으려 하였다. 이미 별감에게 자신들이 죄 없는 사람이라는 사실을 밝혔으니, 포졸들의 눈을 피해가면서 이석호를 찾아다닐 필요가 없었다.

차라리 이 기회를 제대로 이용하여 인근에 있을 이석호를 찾으려는 것이었다.

"서둘러야 합니다. 만약 이석호가 마태호와 연결되어 있는 상황이 확실하다면, 자신이 불리하다고 여겨지는 즉시 마태호에게 연락하여 다시 시간을 틈을 만들어 다른 곳으로 숨어버릴 것입니다."

이혜령이 주막에서 나와 주변을 둘러보며 말했다. 그녀의 말에 설서빈과 장태광도 주변을 샅샅이 둘러보기 시작하였다.

"일단 흩어져서 찾는 것이 더 이로울 것 같습니다."

"하지만 위험할 수도 있습니다. 그러니 한데 뭉쳐서 다니십시오."

장태광은 흩어지려 하였다. 그것이 더 유용하다고 여겼다. 하지만 이혜령에게는 안전이 우선이었다. 지금의 임무는 지금까지와는 처한 상황이 달랐다.

지금까지는 죽음이 다가오면 자신 스스로 소환을 요청하여 현대 시대로 돌아갈 수 있었다. 그리고 무엇보다 임무 중에 누군가가 죽으려 들지도 않았다.

하지만 지금은 달랐다. 이석호는 자신들을 죽이려 할 것이다. 그렇기에 소환을 요청할 틈조차 없을지 모를 일이었다.

이혜령은 그런 상황을 염두에 두고 함께 움직이려는 것이었다.

세 사람이 바삐 움직이고 있을 때, 이선우는 오랜만에 만난 미령과 함께 그동안의 이야기를 주고받았다.

사실 이선우에게는 고작 한 달간의 이야기지만, 미령에

게는 무려 15년이나 되는, 아주 긴 이야기였다.

두 사람의 대화에 간간이 이장태가 끼면서 웃음꽃이 만들어졌다.

"실장님, 저기……."

이혜령 일행이 이석호의 부하를 찾아 헤맨 지 대략 두 시간이 흐른 무렵, 마침내 설서빈의 시야에 관아의 담벼락에 기대 있던 사내의 모습이 보였다.

"빙고. 저놈을 잡으면 곧바로 소환한다."

"알겠습니다."

이혜령은 이석호의 부하를 목격한 후, 곧바로 50층의 실장에게 문자를 보냈다. 그 내용을 바로 확인한 실장이 이혜령의 신호만을 주시한 채 하나의 LED를 비워두었다.

"시작하십시오."

이혜령의 명령에 설서빈과 장태광이 사내를 향해 바로 달려갔다.

"제길!"

사내는 마을을 배회하던 중, 자신을 쫓는 두 사람의 움직임에 욕설을 내뱉은 뒤, 곧바로 뛰기 시작하였다.

마을 사람들은 세 명의 뜀박질을 보며 눈이 휘둥그레졌

다.

보통 사람에 비해 놀랄 만큼 빨랐다.

"놓치지 않는다!"

장태광이 큰 소리로 외치자 이석호의 부하는 길모퉁이를 돌아 바로 몸을 낮췄다.

퍽!

그런 후, 장태광의 모습이 보이자마자 몸을 일으키며 그에게 주먹을 날렸고, 장태광은 그의 주먹을 맞고 한참을 밀려나 넘어졌다.

퍽!

하지만 연이어진 설서빈의 날아 차기가 그의 면상에 적중하였고, 그는 담벼락에 심하게 부딪히면서 정신을 잃었다.

"한 놈 보내드립니다."

이혜령은 그 즉시 50층의 실장에게 연락하였고, 실장은 재빨리 소환을 가동하여 그를 현실 세계로 빨아들였다.

"수갑 채워!"

사내가 LED를 통해 현실 세계로 나오자마자 50층의 실장이 바로 큰소리로 말했고, 곧 50층의 경호원이 그에게 수갑을 채운 뒤, 회의실 안쪽의 작은 창고 안으로 밀어

넣었다.

"이석호의 부하는 총 네 명입니다. 그중 이제 한 놈을 잡았네요."

실장의 옆으로 박 팀장이 다가서며 말했다.

"이제 시작이다. 이놈을 족쳐야 하니, 절대 창고 문을 열어주지 마라."

"알겠습니다."

실장의 말에 모두가 답했다.

회의실 안쪽의 창고. 그곳은 시간도 흐르지 않는다는 말이 있을 정도로 사방 천지가 암흑으로만 되어 있었다.

갇힌 사람은 정신이 돌아버릴 정도로 공포를 느끼며, 결국 자신의 모든 것을 다 털어놓고서야 나오게 되는 곳이었다.

"나머지도 모두 잡는다."

이혜령은 한 놈을 잡은 후, 다시 주변을 둘러보며 말했다.

"제길, 머리 아프네."

곧 장태광이 머리를 흔들며 일어서며 말했고, 두 사람의 시선이 그에게로 돌아갔다.

퍽!

"⋯⋯!!!"

하지만 장태광은 또다시 일격을 당하고 쓰러졌다.

"시간의 틈에 갇힌 우리를 구하러 온 구세주라 생각했는데, 우리를 잡아 마태호 부장을 제지하려는 놈들이었군."

이번에 두 사람이었다. 두 사람 모두 이석호의 부하이며, 지금 이 자리에서 그들이 마태호와 함께하는 것이 바로 알려졌다.

"이거, 여자 두 명을 상대하는 것은 너무 쉽잖아."

그들은 덩치도 컸지만, 그에 반해 이혜령과 설서빈의 체격은 작은 편이었다. 그러니 마음먹고 한 방만 제대로 날려도 두 사람은 죽음 목숨이라고 해도 과언이 아닐 정도로 신체적 차이가 많이 났다.

"일단 이놈들을 마저 잡고 어제 형님을 후려친 놈을 잡도록 하자."

"그러지."

두 사내가 이혜령과 설서빈의 곁으로 다가서며 말했다. 하지만 두 여인도 그리 호락호락하지는 않았다.

위험한 임무를 수행하는 설서빈도 강하지만, 지상 3층의 주인인 이혜령은 그녀보다 더 강한 여인이었다.

"한양으로 가신다고 들었는데, 저와 함께 가시지요. 가는 길에 말동무나 하며 더 많은 이야기를 나눠봐야겠습니다."

시간이 꽤 흘러 미령이 자리에서 일어서며 말했다. 하지만 이선우는 그녀의 말에 선뜻 답을 해줄 수 없었다.

위기를 모면하기 위하여 한양으로 간다는 말을 하긴 하였지만, 지금은 이곳에서 이석호를 잡아야 하는 상황이었다.

"죄송하지만, 제가 지금 바로 한양으로 갈 수가 없습니다. 벗들이 아직 청주에서 할 일이 있어서요. 그 일이 끝나는 대로 한양으로 가겠습니다."

이선우는 그녀의 눈을 보며 말했다. 그녀는 또다시 보지 못할 것을 우려하여 눈동자를 떨고 있었다.

"그럼 저도 기다리겠습니다. 이 선비님께서 모든 일정을 다 마무리 하는 동안 이곳에서 함께 머물도록 하겠습니다."

"그럼 그때까지 저희가 아가씨의 경호를 함께 맡도록 하겠습니다."

미령의 말이 끝나자마자 이장태가 말했다. 이선우는 이런 답을 원한 것은 아니지만, 어쩌다 보니 일이 그렇게 흘러 버렸다.

"아가씨께서 머무를 곳을 찾아보겠습니다. 그동안 잠시만 기다려 주십시오."

이장태가 먼저 일어서며 말했다. 청주에서 한동안 머무르기로 하였으니, 좌의정의 여식인 미령이 거처할 곳을 제대로 알아놓아야 하였다.

만에 하나 누추한 곳을 선택하게 되면 그 불호령을 어찌 감당해야 할지 모르기에 제대로 알아보기 위하여 이장태가 먼저 나섰다.

"아가씨께서는 여기 잠시 계십시오. 전 벗들이 지금 무엇하는지 보고 다시 오겠습니다."

"네, 알겠습니다. 그 말씀… 꼭 지켜주십시오."

미령은 그와 함께 움직이고 싶었다. 하지만 다른 벗들도 있고 하니 그를 잠시 보내기로 하였다.

하지만 지난번처럼 다시 볼 수 없는 일이 일어나지 않기를 바라며 말을 덧붙였다.

이선우는 주막에서 나와 매서운 눈빛으로 주변을 둘러보았다. 하지만 사방 인근 5백 미터 이내로 이혜령을 비롯하여 다른 사람의 움직임이 전혀 포착되지 않는다는 것을 느꼈다.

"어디까지 간 것인가."

이선우는 사방을 다시 둘러보며 중얼거린 뒤, 어느 한

방향을 잡고 뛰기 시작하였다.

그의 움직임은 일반인의 움직임과는 천지 차이였다. 사람의 눈으로 제대로 볼 수 없을 정도의 빠르기였다.

퍽퍽!

"하하… 계집들이라고 만만하게 보았는데, 힘이 보통이 아니네……."

한편, 이석호의 부하는 한 명이 더 오면서 세 명으로 늘어난 상황. 그 바람에 이혜령과 설서빈은 심한 상처를 입고 거의 쓰러지기 일보직전이었다.

"마저 처리하고 돌아가자."

그들도 꽤 지쳐 있는 상황이었다. 하지만 그대로 돌아가면 또다시 이들이 추격해 올 것이기에 이 자리에서 숨통을 끊어 놓으려 하였다.

장태광만 먼저 일격을 당하지 않았더라도 지금의 상황은 오히려 역전되었을 수도 있는 상황이었다.

하지만 장태광이 먼저 기절하는 바람에 두 여인으로서 사내 세 명을 감당하는 것은 어려운 일이었다.

"쳇, 이들도 생각보다 세다."

이혜령은 겨우 몸을 버티고 서서 그들을 보며 중얼거렸다. 설서빈 또한 더 이상 서 있을 힘이 없을 정도로 많은 상처를 입은 탓에 초가의 기둥을 잡고 겨우 서 있었다.

"잘 가라!"

이석호의 부하가 이혜령의 앞에 서서 그녀를 향해 장검을 들어 휘둘렀다.

픽!

와장창!

하지만 그는 저 멀리 나가떨어지며 똥통을 쌓아둔 더미에 부딪혀 정신을 잃었다.

"너희들… 모두 죽는다."

이선우였다. 그는 정말 많이 달라졌다. 지금까지 임무중 거친 말을 내뱉은 경우가 거의 없었지만 지금은 그 어떤 누구보다 더 눈빛이 매섭고 날카로웠다.

"저놈이 바로 그놈이군."

남은 두 명의 부하가 이선우를 보았다. 하지만 이선우의 시선은 이미 기절한 장태광를 거쳐 겨우 버티고 있는 두 여인에게 고루 향했다.

"앉아 쉬십시오. 그리고 1분 후, 소환 준비를 하도록 부탁해 두십시오."

이선우는 이혜령을 보며 말했다. 이혜령은 이선우의 등장에 마음이 놓인 듯 더 이상 버티지 못하고 그 자리에 주저앉았다.

곧 설서빈도 긴장이 풀리면서 제자리에 주저앉았다.

"네놈이 그리 강하던가? 모든 임무를 실패 없이 완수했다고 하더군."

이석호의 부하가 이선우를 보며 물었다.

"네놈의 질문에 답을 할 필요는 없다. 그저 내 벗들과 함께 조용히 현실 세계로 돌아가라."

"뭐야!"

퍽퍽!

"……!!!"

이선우의 말에 어이가 없으면서도 한편으로 기분이 상했다. 하지만 딱 그때까지만이었다. 격한 마음에 소리친 후, 곧바로 각자의 복부에 아주 심한 고통이 전가되었고, 두 사람은 그 자리에서 앞으로 꼬꾸라지듯 넘어지며 기절했다.

"바로 소환하십시오."

이선우는 이혜령에게 말했다. 이혜령은 입가에 미소를 지으며 그를 보았다. 그리고 자신의 안주머니에 있던 휴대전화를 꺼냈다.

"당신이… 아무래도 당신이 마무리를 해야 할 것 같습니다. 이 전화기는 현실 세계와 연결해 줍니다. 원하는 것을 말하세요. 그럼 50층의 실장이 바로 답을 줄 것입니다."

이혜령은 그에게 전화기를 건네준 후, 입가에 미소를 지으며 눈을 살며시 감았다.

"어서… 어서 소환해서 치료하란 말입니다!"

이선우는 그녀가 눈을 감자 큰 소리로 말했고, 곧 50층의 실장은 열려 있는 모든 LED를 이용하여 이혜령과 설서빈, 장태광을 비롯하여 이석호의 부하 세 명도 모두 소환하였다.

이선우는 조금 전까지 이곳에 널브러져 있던 모두가 순식간에 사라지는 것을 보았다.

—치료… 잘해주십시오. 전… 이석호를 잡고 함께 가겠습니다.

"……."

실장은 사무실로 소환되어 온 이석호의 부하들에게 역시 수갑을 채워 창고 속에 가둬두도록 명령했다. 그러고는 이혜령과 설서빈, 장태광을 서둘러 휴게실로 데려간 후, 응급처치를 하기 시작하였다.

그 후, 전화기에 수신된 문자. 그는 이 문자가 이선우가 보낸 것임을 알고 있기에 그저 말없이 문자를 보며 선

글라스 속 눈동자를 떨었다.

"실장님, 모두들 상처가 깊습니다. 서둘러 응급처치를 하겠습니다."

실장이 전화기를 보고 있을 때, 박 팀장이 말했다. 실장은 세 사람을 보았다. 상처가 정말 깊었다. 자칫 사망하여 시체로 소환될 뻔한 상황이었다.

"치료하게."

"네, 알겠습니다."

박 팀장은 사무실 내 직원들과 함께 응급처치 기계를 가동하였고, 곧 세 사람을 치료하기 시작하였다.

"이제… 이석호 하나 남은 것이군."

50층의 실장은 전화기를 만지작거리며 홀로 중얼거렸다. 그의 부하 네 명을 잡아들였으니, 이제 이석호만 남은 상황이었다.

우우우웅.

곧 실장의 전화기에서 진동이 울렸다. 메시지가 도착한 것이었다.

—이석호를 잡기 전까지 소환을 거절하겠습니다. 소환 절차를 실행시키지 마십시오.

"……."

뭐라 할 말이 없었다.

"당신이 해야 할 일이 아니었습니다. 미안합니다."

끝내 실장은 홀로 중얼거렸다. 이선우에게 너무나 큰 짐을 지우는 느낌이었다.

"지금 이 시간부로 내 허락 없이 이선우 씨의 소환은 없다. 명심해라."

"네? 만약 마태호 부장이 시스템을 뚫고 들어와 이 사무실을 장악하는 날에는 이선우 씨가 다시는 돌아올 수 없게 됩니다."

실장의 말이 끝나자마자 박 팀장이 우려를 나타냈다. 그녀의 말처럼 마태호가 모든 것을 장악하면 현재 임무차 나가 있는 이들은 모두 돌아올 수 없게 되는 상황이었다.

"그 모든 것을 다 감안한 것이다. 위기 상황이 닥치기 전에 이선우 씨를 강제 소환하면 된다. 그 문제는 걱정하지 마라."

실장은 아무런 문제도 없다는 뜻을 내비쳤다. 하지만 자세한 말은 하지 않았다.

위기 상황에 그를 소환한다고 했지만, 적절한 타이밍을 잡아내는 것은 그리 쉬운 일이 아니었다.

"이거, 몇 번째 돌아다니는 것인지 원……."

한편, 회장과 경영기획실장을 찾아 나선 지하 25층 실장은 이미 일곱 곳을 둘러보았지만 회장의 위치를 파악하지 못한 상황이었다. 그러니 자연스레 하소연이 흘러나왔다.

"그래도 멈출 수 있겠습니까? 서둘러 다시 이동합시다."

그에 함께 움직이는 지상 2층 실장이 서둘러 다른 곳으로 이동 소환을 부탁하는 연락을 취하며 말했다.

"평소와 다름없이 행동해야 합니다. 마태호도 바보가 아닌 이상, 우리가 하루 전날로 온 것을 눈치챘을 수 있습니다."

같은 시각. 마태호를 저지하기 위하여 하루 전으로 간 지상 4층의 실장인 이기석이 말했다.

네 명의 실장이 한 팀이 된 만큼 마태호를 상대하는 일은 결코 쉽지 않았다.

"알겠습니다. 하지만 마태호가 다른 수를 쓰지 않을까요?"

곧 39층의 실장인 서강수가 물었다.

"다른 수를 쓰고 있지 않기를 바라야죠."

이기석은 서강수의 말을 듣고 눈썹에 힘을 주며 말했다. 곧 네 사람은 회사 앞에 도착하였다.

회사는 여느 때와 다를 것이 없었다. 출근하는 직원들과 함께 50층의 실장도 보였다. 하지만 그는 현재 자신들과 함께 일을 진행하는 존재가 아닌, 하루 전의 실장이었다.

"들어가겠습니다."

이기석의 말에 네 명의 실장이 회사로 들어갔다.

"부장님, 이기석과 함께 네 명의 실장이 모두 회사로 들어섰습니다."

네 명이 모두 회사로 들어서자마자 마태호의 심복 격인 민태석 대리가 마태호에게 알렸다.

"대단한 머리라고 여겼는데, 고작 하루 전으로 임무를 수행하기 위해 온 것인가? 가소로운 것들······."

마태호는 그들을 보면서 비웃었다. 이미 그들의 모든 계획을 다 알고 있다는 뜻이었다.

"저 네 놈을 잘 감금해 두었겠지?"

"네, 부장님. 문제없이 진행해 두었습니다."

"어디, 그놈들 얼굴이나 보러 갈까?"

마태호는 콧노래를 부르며 중앙 통제실 안의 창고로 향

아빠는
신입
사원

하였다.

창고에 도착하자마자 그는 작은 쪽문을 열어 안을 살폈다.

그러자 그 안에는 고통스러운 표정을 지은 채 고개를 숙이고 있는 네 명의 실장이 있었다.

바로 지금, 마태호를 잡고자 하루 전으로 돌아온 네 실장의 모습이었다.

"그놈들은 모르고 있을 것이다. 지금 이렇게 감금해 두고 있다는 것을 모르고 당당하게 회사로 들어섰겠지."

마태호는 웃었다. 웃고 또 웃었다. 그의 말처럼 회사로 들어선 네 실장은 모두 미래에서 온 존재. 지금 현재의 실장들은 모두 마태호의 계략에 의해 감금되어 있는 상황이었다.

즉, 이미 하루 전의 과거도 마태호에 의해 변해 버린 상황이었다.

—지상 4층 실장님, 지하 5층, 지하 27층, 지하 39층 실장님께서는 지금 즉시 중앙 통제실로 와 주시기 바랍니다.

네 사람이 회사로 들어서자마자 안내 방송이 나왔다.

"정확하게 우리 네 명이네요."

방송을 들은 서강수가 말했다.

"이미 마태호가 지금의 상황까지 모두 엎어놓은 상황

같습니다. 다들 정신 제대로 차리십시오."

이기석이 모두를 보며 말한 뒤, 방송대로 중앙 통제실로 향하였다.

"어서 오십시오."

네 명이 안으로 들어서자마자 마태호가 그들을 반겼다. 그리고 그 즉시 중앙 통제실의 출입문을 지키고 서 있던 경호원들이 중무장을 한 채 그들의 뒤를 막아섰다.

"무슨 일입니까? 경계가 삼엄하네요."

이기석이 물었다.

"네, 경계가 삼엄해야죠. 어떤 실장들이 감히 내 뜻을 거역하며 반기를 들고 있는데, 미리 막아야 하지 않겠습니까?"

마태호는 이기석을 보며 말했다.

"반기라… 그 반기는 대체 누가 누구를 향해 든 것입니까?"

이기석이 그를 똑바로 보며 다시 되물었다.

"하하하, 역시 지상을 관장하는 실장님이라 다르시긴 합니다. 그 답을 바로 드리지요. 제가 회장님을 향해 반기를 든 것입니다. 답이 만족스럽습니까?"

마태호는 전혀 거리낌 없이 답했다.

"만족스럽군요. 하면… 우리들이 그것을 막기 위해 온

것도 알고 계시겠군요."

"물론이죠. 그래서 이렇게 그대들을 모두 잡아두려 경계를 삼엄하게 서고 있지 않겠습니까?"

마태호는 여유 있는 어투로 말했다. 하지만 네 실장도 그리 당황하는 눈빛이 아니었다.

"이상합니다, 부장님. 이쯤 되면 이들의 표정이 변하면서 당황해야 하는 것 아닙니까? 그런데 너무 태연스럽습니다."

민태석이 마태호의 옆으로 다가서며 말했다.

"나도 그렇게 생각한다. 대체 무슨 꿍꿍이인 것인지……."

마태호는 자신이 예상한 반응이 아닌지라 스스로도 당황스러운 표정을 짓지는 않을까 우려하고 있었다.

"그럼 우리를 잡아두시겠다는 말씀이군요?"

이기석이 마태호를 보며 물었다.

"이거… 내가 당황스럽습니다. 분명 이 상황은 내가 더 유리하게 돌아가고 있는 상황입니다. 그런데도 오히려 내가 더 불안하니 말입니다."

사실이었다. 시간이 갈수록 오히려 마태호가 더 긴장하는 표정이었다.

"우리가 어디까지 생각하고 있을 것이라 생각하십니까?"

이기석이 다시 물었다.

"어디까지라… 대체 당신들의 머릿속을 모르겠습니다. 무슨 말을 해야 할지도 모르겠군요. 분명…….

"소환하십시오."

"무슨… 말입니까? 소환하라니…….

팟팟팟팟!

"……!!!"

"제기랄!"

이기석의 엉뚱한 말에 의아한 눈빛을 드러낼 때, 갑자기 환한 빛이 발하면서 눈앞에 있던 네 사람의 모습이 순식간에 사라졌다.

난데없는 현상에 그곳에 있던 모두가 놀랐고, 마태호는 격한 반응을 보였다.

"대체 어떻게 된 일이야? 누가 이놈들을 소환한 것이야!"

마태호가 소리쳤다. 하지만 아무도 답을 주지 않았다.

이들은 지금 내일 일어날 일들 중 중앙 통제실을 장악한 것만을 생각한 후, 그 내용대로 움직이고 있었다.

하지만 50층의 실장과 박 팀장에 의해 50층에서 자체적인 통제를 시작하였고, 50층만 단독으로 운영되고 있다는 것을 아직 알지 못하고 있는 상황이었다.

"어떻게 된 일입니까? 마태호가 이미 수를 쓴 것입니까?"

네 실장은 다시 하루 다음 날인 현재로 돌아왔다. 그리고 50층의 실장이 그들을 보자마자 물었다.

"네. 마태호가 미리 수를 쓴 모양입니다. 하지만 오늘의 일은 아직 모르고 있는 모양입니다. 우리를 막을 생각만 했지, 우리가 소환되는 것을 막을 생각은 없어 보였습니다. 즉, 지금 우리가 독자적인 통제 시스템을 갖추고 자신과 대적하는 것을 모르고 있습니다."

이기석이 그의 물음에 답했다.

"무슨 뜻입니까? 설마… 당신은 지금의 상황을 미리 알고 계셨다는 뜻입니까?"

서강수가 물었다. 그는 지금 이기석과 50층의 실장이 나누는 대화를 전혀 이해하지 못하고 있었다.

"우린 그저 마태호가 어디까지 알고 있는지를 확인하고자 하루 전으로 간 것뿐입니다. 그리고 예상대로 그는 우리를 막기 위해 수를 썼지만, 아직 이 상황까지는 모르고 있다는 말입니다. 즉, 우리가 자체 통제를 하고 난 후의 일은 그들이 더 이상 알 수 없다는 말이 되는 것입니다."

모두가 멍하니 이기석을 바라보았다. 지금 그가 한 말을 제대로 이해하는 사람은 50층의 실장, 단 한 명밖에 없는 것 같았다.

"마태호는… 박 팀장에 의해 독자 시스템이 살아나기 전까지만을 가지고 방편을 마련할 수밖에 없을 것입니다. 그러니 우리는 그 후를 이용하여 녀석을 막겠습니다."

이기석이 다시 말했다. 즉, 마태호가 알지 못하는 부분부터 다시 시작하여 그를 잡겠다는 뜻이었다.

"박 팀장이 자체 통제를 시작한 후의 시점을 그대로 저들에게 반영하겠습니다."

역시 이해가 가지 않는 부분이었다. 하지만 50층의 실장과 박 팀장은 내막을 아는 듯 네 명을 다시 LED 위에 서도록 하였고, 곧바로 어느 시점으로 보냈다.

"이제 마태호를 제대로 잡아보십시오."

50층의 실장은 홀로 중얼거린 뒤, 다시 휴대전화를 보았다.

휴대전화의 화면에는 이선우가 보낸 메시지가 아직도 그대로 떠 있었다.

"어느 한쪽이라도 제대로 마무리되면 이 일을 이겨낼 수 있다. 그때까지만 힘을 내주십시오, 이선우 씨."

실장은 전화기를 보며 홀로 중얼거렸다. 그리고 이내 전화기를 꽉 쥐면서 매서운 눈빛을 하였다.

Episode 5

Chapter 4

아빠는
신입
사원

"이 선비님!"

이선우는 세 명의 직원을 현실 세계로 돌려보내고 난 뒤, 조금은 처진 몸을 이끌고 주막으로 들어섰다. 미령은 힘없이 걸어오는 그를 보며 안도의 한숨을 내쉬며 주막에서 뛰어나와 반겼다.

"미령 아가씨, 아직도 여기 계셨습니까?"

이선우는 그녀가 자신의 반기는 마음은 고마웠으나, 또 한편으로는 그녀에게 너무 미안한 마음을 지울 수가 없었다.

"별감 나리께서 잠시 머물 곳을 알아두셨다고 합니다. 다행히 이 선비님도 함께 지낼 수 있는 곳이라고 하니, 지금 나가서 그곳으로 가보시지요."

미령은 이선우의 손을 잡아끌며 말했다. 이 시대에 양
반집 규수가 사내의 손을 잡아끄는 행위는 정말 보기 힘
든 행위였다.

하지만 미령은 다른 사람의 눈을 의식하지 않은 채 이
선우의 손을 잡아끌며 이장태가 알아봐 둔 곳으로 향했다.

"이곳은……."

"어서 오십시오. 소인의 집이옵니다."

미령과 이선우가 도착한 곳은 바로 이장태의 자택이었
다.

"왜… 별감 나리의 집을……."

"아무리 이곳저곳을 다 찾아보아도 이곳보다 안전한 곳
은 없는 것 같았습니다. 더군다나 지금은 살인범이 조선
팔도를 활보하고 다니는 시기라 그 어느 때보다 더 안전
에 만전을 기해야 하지 않겠습니까?"

이장태의 마음은 고마웠다. 하지만 자칫 자신으로 하여
금 모두가 피해를 볼 수 있다는 생각을 하니, 이선우는 이
곳에 머물 수는 없겠다는 생각이 들었다.

"죄송합니다. 호의는 고마우나 소인은 벗들과 함께 주
막에서 지내겠습니다. 그리하게 해주십시오."

이선우가 미령을 보며 말했다. 그녀도 이선우의 마음을

이해했는지, 더 이상 권하지 않았다.

"괜찮겠습니까? 지금 살인자가……."

"괜찮습니다. 소인들은 걱정하지 마시고, 아가씨의 안위에 만전을 기해주십시오."

"그건 걱정하지 마십시오."

이선우는 이장태에게 미령을 부탁하고 발길을 돌렸다. 미령은 밤새 그와 나눌 대화가 많았다. 하지만 어쩔 수 없었다. 이선우에게는 동행하는 벗이 있고, 또 별감 이장태가 무슨 속셈인지 자신의 집을 숙소로 마련했으니, 그 꿍꿍이도 헤아려려 했다.

"아가씨, 안으로 드시지요."

곧 호위무사가 그녀를 안내하였다.

안내를 받은 곳은 이장태의 집에서도 꽤 큰 방에 속하는 사랑방이었다.

"이곳은 호위무사들이 호위하기도 쉬우며, 또한 저희 쪽 사병과 포졸들도 대거 포진하고 있기에 아무리 살인자가 대단한 놈이라 할지라도 경계를 뚫고 아가씨의 곁으로 다가갈 수 없을 것입니다."

어찌 보면 도가 넘은 호의라 볼 수 있었다. 하지만 그녀는 크게 개의치 않았다. 이장태가 박만돌의 사람이며, 또 자신의 사람이기도 하지만, 무엇보다 그는 자신의 아비의 사람이기에 아비의 명을 먼저 이행할 것이라 여겼다.

한편, 이선우는 홀로 주막으로 왔다.

뒤적뒤적.

"그 와중에 주머니에 엽전은 넣어두었군."

주머니를 뒤져 보니 엽전이 있었다. 50층의 실장은 그 짧고 급한 순간에도 과거로 간 사람들을 위해 주머니에 돈을 챙겨주었다.

"주모, 여기 탁주 한 사발 주시구려."

해가 저물어 어둠이 찾아온 주막은 을씨년스럽게 느껴질 정도로 조용했다.

"조금 전에 별감 나리와 함께 오지 않으셨수?"

"네, 기억하시네요."

"기억하다말다요. 별감 나리께서 혹여나 선비님께서 오시면 원하는 것만큼 모두 드리라고 하시더이다. 그러니 돈 걱정 말고 마음껏 드시고 쉬다 가시구려."

"하… 그, 고맙네요."

이선우는 어색한 미소를 지었다. 이장태는 이미 이선우가 자신의 집에서 나와 주막을 찾을 것임을 알고 있었다는 뜻이었다.

이선우는 각종 나물과 함께 나온 탁주를 사발에 따라

시원하게 한잔 들이켰다.

"젠장… 술맛은 좋네."

이선우는 하늘에 뜬 수많은 별들을 보며 중얼거렸다. 지금 이 순간, 자신의 가족은 무엇을 하고 있을지도 궁금하였다.

"엄마, 아빠는 오늘도 안 와요?"

지민이 아내에게 물었다. 아내는 지민과 영민을 앞에 세워두며 눈동자를 번갈아 보았다.

"아빠는 우리 가족을 위해 열심히 일하고 계셔. 그것은 너희들도 알지? 지금 아빠는 회사 일이 너무나 바빠서 집에 오시지 못하는 거야. 그러니까 그동안 밥도 많이 먹고 씩씩하게 지내면서 아빠가 오시면 부쩍 큰 우리 두 아들의 모습을 보여주면 어떨까?"

아내는 두 아들에게 웃으며 말했다. 지민과 영민은 아내를 멀뚱하게 보았다.

"네."

그러더니 이내 미소를 지으며 답한 뒤, 아내의 품에 안겼다.

아내는 회사에 전화라도 하고 싶었다. 하지만 지금까지 남편의 직장 생활에 대해 단 한 번도 나선 적이 없었다.

남자라면 사회생활은 모두 알아서 하는 것이라 이선우가 말하니, 그를 믿고 집안 살림을 열심히 하며 살아왔다.

지금도 그랬다. 그녀는 이선우를 믿기에 두 아들을 데리고 깊은 밤을 편안히 보내고 있었다.

"선비님, 일어나셨습니까?"

아침이 밝자 주막 밖에서 이장태의 목소리가 들려왔다.

이선우는 눈을 뜨며 자리에서 일어났다.

"난리가 아니었군."

그는 가장 먼저 눈에 들어오는 방 안을 둘러보았다. 술을 얼마나 먹었는지 빈 술병이 온 방에 널브러져 있고, 남은 안주는 물기가 다 빠져 있었다.

"네, 일어났습니다."

이선우는 이장태의 물음에 답한 뒤, 옷을 챙겨 입고 방을 나왔다.

"보아하니 아직 아침 식사 전이신 것 같은데, 함께 갑시다. 아가씨께서 이 선비님이 오실 때까지 기다리겠다며 식사를 하지 않고 계십니다."

이장태의 말에 이선우는 그저 어색한 미소를 지었다.

"주모, 여기 계산은 내가 차후에 해드리리다. 그러니 염려 붙들어 매시게."

"여부가 있겠습니까요. 살펴 들어가십시오."

주모는 이장태의 말에 웃으며 답한 뒤, 이선우를 보면서 표정을 굳혔다.

'그리 좋지 않은 관계를 표정으로 보여주고 있군.'

이선우는 표정만으로도 그녀가 지금 무슨 생각을 하는지 다 알 수 있을 듯하였다.

하지만 지금은 이들의 일에 관여할 때가 아니었다. 이석호의 졸개들을 모두 잡았으니, 이제 이석호를 잡는 일만 남았다. 하지만 그가 어디에 있는지 알 수 없으며, 무엇보다 자신 홀로 그와 상대해야 하는 것이 부담스러웠다.

하나 그것은 지금 당장의 일이 아닌 터라 아침의 피곤함을 잊고 이장태와 함께 주막을 나와 그의 집으로 향하였다.

"어서 오십시오."

그의 집에 다다르자 미령이 그를 기다리고 있었다는 듯 반갑게 다가서며 인사하였다.

"편히 주무셨습니까?"

이선우는 그녀에게 정중하게 고개 숙여 예를 갖추었다.

곧 세 사람은 아침 식사가 마련된 사랑방으로 들어섰다.

"하, 이건 너무⋯⋯."

이선우는 정말 생일날에도 받지 못할 엄청난 상차림을 보았다. 평범한 집안에서 잔칫날에나 올리는 상이 무려 세 개가 붙어 있고, 그 위에는 음식이 가득하였다.

"오실 분들이 더 계십니까?"

"아닙니다. 저와 선비님, 그리고 미령 아가씨께서 드실 음식입니다. 많이 드십시오."

이장태는 웃으며 답했다. 이제 그의 웃음이 그리 달갑게 느껴지지 않는 이선우였다.

"어서 앉으세요. 시장합니다."

미령이 말하고는 곧 그의 바로 옆으로 자리 잡아 앉은 뒤, 수저를 들어 이선우에게 건넸다.

"아가씨… 아무리 벗이라고 하여도 그런 모습은 그리 좋지 않습니다. 조심하셔야 할 것 같습니다."

이장태가 결국 본심을 서서히 드러내는 듯하였다.

"별감께서 그리 깊게 생각하여 보실 필요는 없습니다. 별감께서 모르는 우리 벗들만의 친근감입니다. 그러니 너무 깊게 생각지 마십시오."

미령은 그의 말을 가볍게 무시한 채 이선우의 밥숟가락에 나물 반찬을 올려주는 행동까지 취하였다.

그리고 그 모습은 이장태의 표정을 굳어지게 만들었다.

"잘 먹었습니다. 이렇게 후한 대접을 해주셔서 어찌 보답해야 할지 모르겠습니다."

이선우는 상다리가 휘어질 정도로 차려진 밥상 위의 밥과 반찬을 거의 다 먹어 치웠다.

"식성이 아주 좋으십니다. 다음에 더 맛있는 음식으로 대접해 드리겠습니다."

이장태도 웃으며 말한 뒤, 이내 웃음을 지우고 시선까지 다른 곳으로 돌렸다.

"오늘도 벗들과 함께 갈 곳이 있습니까?"

"네. 오늘은 하루 종일 바쁜 일정이 있을 것 같습니다. 그러니 아가씨께서는 별감 나리와 함께 이곳에 계십시오."

이선우의 말에 미령의 표정이 급격히 우울해졌다. 그녀는 오늘 하루는 이선우와 함께 나들이라도 할 수 있을 것이라 여겼다. 하지만 아니었다.

이선우도 마음 같아서는 그녀와 함께 시간을 보내고 싶었다.

위험한 시기에 자신을 도와주고, 좋은 곳으로 안내해 준 감사의 뜻으로 시간을 함께하고 싶었다.

하지만 그녀를 보호하기 위해서는 되도록 떨어져 있어야 한다는 것을 알기에 그녀의 마음을 애써 뿌리칠 수밖에 없었다.

이선우는 이장태의 집을 나와 마을 외곽으로 향하였다.

"저자의 행방을 놓치지 말고 뒤쫓아라."

"알겠습니다, 나리."

이장태는 그가 간 곳을 보며 곧 두 명의 수하를 그의 뒤에 붙도록 은밀하게 명령하였고, 그런 그의 모습을 미령이 보았다.

"아무래도 별감께서 이 선비님을 달리 생각하시는 것 같으니, 자네가 이 선비님의 곁에 붙어 있게나."

"네, 아가씨."

물론 미령은 그저 보고만 있지 않았다. 그녀는 자신의 호위무사 중 한 명에게 이선우를 호위하도록 명령 내렸다.

"세 사람의 병세는 어떤가?"

한편, 현실 세계에서는 50층의 실장이 휴게실 안에 마련된 응급처치 현장을 보며 물었다.

"다행히 목숨에는 지장이 없으나, 상처가 깊어 당분간 움직이는 데는 무리가 있을 것 같습니다."

이혜령과 설서빈은 세 사내와 정면 대결을 하는 바람에 상처가 깊다는 것을 이해할 수 있었다. 하지만 아무것도 하지 않은 채 상대의 일격에 정신을 잃은 장태광이 아직도 정신을 차리지 못하는 것은 쉽게 납득이 가지 않았다.

"잘 살펴보고 위급한 상황이 생기면 곧바로 알리게."

"알겠습니다."

50층의 실장은 다시 세 사람을 살펴본 후, 박 팀장에게 부탁을 하고는 중앙 모니터로 시선을 향했다.

중앙 모니터에는 현재 각 현장으로 나가 있는 이들의 동태가 표시되고 있었다.

그들의 심장박동 상황이나 신체 바이오리듬까지도 체크되고 있었다.

하지만 이선우에게 관한 것은 빠져 있었다. 이는 50층의 실장이 이선우의 부탁을 그대로 이행하고 있기 때문이었다.

그 누구도 이선우에게 신경을 쓰지 않도록 하기 위해.

"실장님, 회장님과 경영기획실장님을 찾아 나선 두 분 실장님께서 일단 사무실로 복귀를 요청하셨습니다."

"그래? 서둘러 이행하게."

"알겠습니다."

곧 하나의 LED에 강한 불빛이 발하면서 서서히 회전을 시작하였다.

팟팟.

그리고 이내 두 사람이 LED 위에 모습을 보였다.

"고생하셨습니다."

50층의 실장이 두 사람을 반겼다.

"지금까지 총 54곳을 다녔습니다. 하지만 회장님의 행방은 그 어디에도 찾을 수 없었습니다. 혹여… 미래가 아닌 과거에 가 계신 것은 아닐까요?"

LED를 내려서며 지상 2층의 실장인 서지호가 물었다. 서지호는 큰 키에 잘생긴 외모를 지니고 있는 30대 초반의 사내다.

"그럴 가능성도 있긴 하지만, 과거로 움직이는 고위급 회견은 보통 지상 1층부터 5층까지 관할하는 실장님들께서 주로 하지 않으셨습니까?"

그의 물음에 50층의 실장이 물었다.

"하… 그리고 보니 내가 갔었지……."

그의 말에 서지호가 머리를 긁적거리며 말했다. 그는 지상 2층의 실장이기에 50층의 실장이 한 말처럼 과거의 고위급 자리에 간 경우가 몇 번 있었다.

"그래도 혹시 모르니 확인해 보도록 하겠습니다."

50층의 실장은 그의 말을 그저 흘려듣지 않았다. 곧바로 사무실 직원에게 내용을 파악하도록 명령 내린 뒤, 두 사람을 데리고 휴게실로 향하였다.

"어찌 된 일입니까?"

두 사람은 휴게실로 들어서자마자 치료를 받고 있는 이혜령과 설서빈, 장태광을 보며 놀란 눈으로 물었다.

"과거의 현장에서 이석호의 부하에게 당했습니다."

"생명에는 지장이 없습니까?"

"네. 다행히 치료가 진행 중에 있습니다. 다만, 바로 실전에 투입할 수 없다는 것이 문제입니다."

서지호의 물음에 박 팀장이 답을 주었고, 두 사람은 치료 중이 세 사람을 보며 표정이 굳어졌다.

"그럼 지금 현재 과거에는 누가 가 있습니까? 설마 이선우 씨 홀로 이석호를 쫓고 있습니까?"

서지호가 다시 물었다.

"네."

"위험합니다. 이석호는 시간의 틈에서 얼마나 오래 산 놈인지 알 수도 없을 정도로 요망한 놈입니다. 그의 힘 또한……."

"이선우 씨가 알아서 해결할 문제입니다. 그러니 두 분께서는 회장님과 경영기획실장님을 찾는 것에 전력을 다해 주십시오."

"……."

두 사람은 동시에 50층의 실장을 보았다. 그가 냉정하

리만큼 업무적인 면에서 철저하다는 것은 알고 있었지만, 자신이 직접 키운 신입 사원을 사지로 내몰고도 저리 태평한 표정을 짓는다는 것이 놀라울 따름이었다.

"마태호를 담당한 쪽은 어찌 되었습니까?"

이내 정신을 수습한 서지호는 곧 두 번째 팀인 마태호 쪽에 대해 물었다.

"네 분은 하루 전이 아닌, 이틀 전으로 다시 돌아가셨습니다."

"이유는요?"

"이미 마태호가 이번 작전까지도 모두 꿰뚫어 보고 작전을 세워두었습니다. 하지만 네 사람이 소환될 수 있다는 것을 알지 못한 것으로 보아 지금 현재 일어나고 있는 이곳의 상황은 모르는 것이라 판단하여 이틀 전으로 돌아가 다시 그를 살펴보려는 것입니다."

하루하루를 당겨가며 본다는 말이었다. 그리고 마태호가 지금의 상황에 이르는 행동을 보이지 않을 때, 그를 먼저 치겠다는 뜻이었다.

"마태호가 현재 이곳의 상황을 모른다? 그럼 이곳에서 진행되는 일을 지금도 전혀 모르고 있다는 말이 되지 않습니까?"

서지호가 다시 물었다. 이미 그도 분리적인 시스템이

구축된 이곳의 상황은 그 어떤 시스템을 이용하더라도 뚫고 들어올 수 없다는 것을 알고 있었다.

"네. 그래서 지금은 안심하고 있습니다. 단지 지금 현재의 시점에서 마태호가 이곳의 중앙 통제실을 뚫고 들어오려는 노력이 계속하여 더해진다면, 그리 오래 버틸 수는 없을 것입니다."

50층의 실장이 한 말처럼 현재 이들은 고작 지하 50층의 시스템 하나만을 가지고 방어를 구축하고 있었다. 하지만 마태호는 회사 전체의 시스템을 다 움직일 수 있기에 그리 오랜 시간이 소요되기 전에 50층의 시스템마저 다시 장악할 것이라 말했다.

"답답하군. 지금 저 땅속 깊숙한 곳에서 대체 무슨 일을 작당하고 있는지 알 수 있는 방법이 없단 말인가!"

"죄송합니다, 부장님. 회사의 시스템상 그곳의 독자적인 시스템을 뚫기 위해서는 뛰어난 해커들이 있어야 합니다."

"그럼 그들을 데리고 와서 빨리 뚫어!"

마태호는 민태석의 말에 버럭 화를 내며 소리쳤다.

"그 뛰어난 해커들이… 50층의 박 팀장과 50층의 실장입니다. 시스템 면에서는 그 두 사람을 따라갈 사람이 없습니다."

민태석은 고개를 반쯤 숙이며 기어 들어가는 어투로 답했다.

"그럼 뭐야? 결국은 뚫지 못하고 이렇게 답답하게 있어야 한다는 말이야?!"

결국 그의 큰 목소리가 중앙 통제실에 울려 퍼졌다. 현재 마태호의 반역에 대해 알고는 있지만, 반기를 들고 대적하려는 이들은 회사 내에 없었다.

있다면 모두 지하 50층에 내려앉아 있는 상황이었다. 그 외의 사람들은 어쩔 수 없이 마태호의 명령에 따르는 눈치였다.

"회장과 경영기획실장이 돌아오면 모든 것이 수포로 돌아간다. 그전에 이 회사의 모든 시스템을 장악하고 나의 뜻에 반하는 행동을 하는 이들을 현재의 그곳에 모두 묶어둬야 한다."

"알겠습니다. 서두르도록 하겠습니다."

마태호는 인상을 구겼다. 심기가 편치 않아 보이는 그의 말에 민태석은 물론, 중앙 통제실 안에 있는 모든 직원들이 고개를 숙이며 답했다.

"지금 현재 회장과 경영기획실장은 어디에 있는가?"

잠시 동안 격분하여 목청을 높인 마태호가 의자에 앉으

며 나지막한 목소리로 민태석에게 물었다.

"과거의 어느 시점에 묶어두었습니다."

"묶어두었다? 어떻게 말인가?"

"일종의 도돌이표처럼 하루의 일상이 계속하여 반복되도록 시스템을 꼬아두었습니다. 그러니 절대 그곳에서 벗어나지 못하고, 그 시스템을 풀 동안 평생을 하루처럼 살아가게 될 것입니다."

"하하하! 그거 잘했군. 그런 시스템이 있다는 것은 알았지만, 이럴 때 사용하게 될 줄은 몰랐다."

마태호는 큰 소리로 웃으며 말했다. 그리고 민태석의 어깨를 토닥거려 주었다.

"그리고 50층에서 움직이는 놈들을 잘 관리해라. 그놈들이 어떤 수작을 부리며 우리 일을 방해하려 할지 모른다."

"걱정 마십시오. 그들이 지금의 상황을 막을 방법은 없을 것입니다. 만에 하나 부장님을 처단할 생각으로 과거의 어느 시점으로 돌아간다고 해도 상관없습니다."

"이유는?"

"이미 부장님께서 이 회사에 입사한 그날부터 이틀 전, 이 일을 시작한 날까지… 모든 하루하루에 똑같은 일상을 심어두었습니다."

"무슨 말인가?"

마태호는 무슨 말인지 이해할 수가 없어 물었다.

"만약 그들이 이틀 전, 삼 일 전, 또는 일주일 전, 1년 전으로 가서 부장님을 처리하려고 해도 그 시점에는 모두 같은 뜻의 명령어를 회사 내에 심어두었습니다."

"명령어를?"

"네. 이는 회사 내에서만 가능한 것입니다. 다른 의뢰 에서는 그 세계와 그 사람의 생활이 어떻게 변해갔는지 모르기에 무조건적인 조건을 걸어 마음대로 프로그램을 구성해 놓을 수가 없습니다."

마태호는 고개를 끄덕거렸다.

"그러니까, 보통 의뢰는 그 상황을 예측할 수 없기에 미리 무언가를 만들어놓을 수 없지만, 이 회사의 모든 이 력은 이미 하루하루가 저장되어 있기에 그 저장된 메모리 에 따라 똑같은 명령어를 입력하여 그들이 그 어떤 시점 에 나타나도 같은 반응을 보이도록 프로그램해 두었다? 뭐, 그런 말인가?"

"네, 정확합니다. 그러니 그들이 그 어떤 시점에서 회 사로 들어서든간에 모두가 그들을 잡아야 하는 생각이 우 선적으로 적용되어 그들을 잡아둘 것입니다. 그것은… 부 장님이 아닌 그 어떤 누구라도 하게끔 프로그램해 두었습니다.”

“하하하, 역시 자네야.”

마태호는 웃었다. 민태석은 비록 박 팀장과 50층의 실
장에 의해 빛을 보지 못한 해커였지만, 나름 숨겨진 실력
자였다.

그렇기에 박 팀장와 실장이 생각하지 못한 모든 것을
다 생각하여 이미 그에 따른 방편을 모두 마련해 둔 상태
였다.

“젠장, 이 새끼가 대체 어디까지 같은 프로그램을 짜둔
거야?”

한편, 마태호와 민태석이 서로 웃으며 대화를 나누고
있을 무렵, 현재의 시점에서 열흘 전으로 다시 들어간 네
명의 실장은 첫날과 같은 현상이 그대로 일어나는 것을
보았다.

곧 이기석이 씁쓸한 표정을 지으며 말한 뒤, 다시 현재
의 시점으로 복귀하였다.

“어떻게 되었습니까?”

그들이 소환되자 50층의 실장이 물었다.

“마태호의 곁에 있는 놈이 누군지 아십니까?”

“네? 무슨 말입니까?”

"마태호가 이리 뛰어난 시스템 관리 능력을 가지고 있을 수는 없습니다. 분명 그놈 밑에서 누군가 돕는 놈이 있을 것입니다. 그렇지 않고서야 과거 모든 날에 같은 프로그램을 심어두어 그 어떤 날이라도 우리를 잡도록 명령어를 입력해 놓을 수는 없을 것입니다."

"……."

이기석의 말에 50층의 실장과 박 팀장의 표정이 굳어졌다.

"알고 계십니까?"

39층의 실장인 서강수가 무언가 눈치를 채고 물었다.

"민태석이라는 놈입니다. 현재 마태호 부장처럼 중앙 시스템 관리부에 있는 대리 직급의 직원으로, 그의 프로그램 처리 능력은 나는 물론 박 팀장도 따라가지 못할 정도로 뛰어납니다."

50층의 실장이 그의 물음에 답했다. 그리고 곧 박 팀장이 중앙 모니터를 통해 민태석의 사진을 띄웠다.

"민태석입니다."

"딱… 컴퓨터만 하게 생겼네."

그의 모습을 보며 이기석이 말했다. 그리고 이내 하나의 자리에 털썩 주저앉은 뒤, 쓴웃음을 지으며 중앙 모니터에 뜬 그의 얼굴을 보고는 다시 한 번 인상을 구겼다.

"다른 방법은 없습니까?"

지하 27층의 실장인 박한슬 실장이 물었다.

"현재로서 과거를 공략하는 것은 무리입니다. 그가 그런 프로그램을 짜두었다면, 과거의 어떤 시점이라도 우리가 치고 들어갈 방법은 없습니다."

박 팀장이 답했다.

"그럼 뭡니까? 과거를 치지 못하니, 현재 아니면 미래를 쳐야 한다는 말입니까?"

지하 5층의 민석훈 실장이 조금은 격한 어투로 물었다.

"우린 지금 이곳에서 한 발짝도 나서지 못하니, 현재를 치는 것 또한 할 수 없습니다."

박 팀장이 마저 답했다. 그러자 모두의 표정이 일순간에 굳어졌다.

"미래를 치는 것은 아무런 도움이 되지 않습니다. 이미 미래는 지금의 상황을 그대로 접하여 가고 있지 않겠습니까?"

서강수의 말처럼 미래는 지금의 상황이 연장되는 것뿐이었다. 미래를 친다고 해서 과거에 있는 자신들이 바뀌는 것은 아니었다. 이는 과거를 친다고 해서 현재에 있는 자신들의 운명이 바뀌지 않는 것과 같은 것이지만, 과거를 치는 것과 미래를 치는 것에는 엄연한 차이가 있었다.

"어쩔 수 없습니다. 과거의 어떤 날의 빈 공간을 찾아야겠습니다."

모두가 표정이 일그러져 있을 때, 박 팀장이 말했다. 그러자 다시 모두의 시선이 그녀에게 향했다.

"무슨 말인가?"

50층의 실장이 그녀에게 물었다.

"시간의 틈. 지금 이석호가 망나니가 되어 어느 곳이나 막 뚫고 들어가는 것처럼, 우리도 그렇게 하자는 것입니다."

박 팀장의 결론에 잠시 동안 모두가 아무런 말이 없었다. 그저 박 팀장을 물끄러미 바라보기만 할 뿐이었다.

"음, 일리가 있군. 이석호는 시간의 틈에서 몇 년을 산 놈인지 모른다. 그놈은 이런 잡다한 시스템 변화 없이도 시간의 틈이 언제 어디서 형성되는 것을 알고 있고, 자신이 원하면 언제든지 그 틈을 이용해 그 시대를 치고 들어간다… 그것을 이용하자는 것 아닌가?"

이기석이 몇 번이고 생각한 후에야 그녀를 보며 다시 물었다. 그러자 박 팀장이 고개를 끄덕거렸다.

"찾을 수 있겠나?"

50층의 실장이 물었다.

"방법은 하나입니다. 이선우 씨가 이석호를 만나야 합

니다. 그리고 그를 흔들어놓고 스스로 시간의 틈을 이용하여 다른 곳으로 도망치게 만들어야 합니다. 단 한 번이면 됩니다."

열쇠는 이선우와 이석호가 가지고 있다는 말이었다.

"지금 당장 이선우 씨에게 연락해서 이석호를 만나거든 이와 같이 행동하라 이르십시오."

이기석이 50층의 실장을 보며 말했다. 하지만 그는 곧바로 답하지 않았다. 지금 그에게 이석호를 한차례 용서하라는 의미의 말을 전해야 할 상황인 것이다. 그리고 그런 명령은 절대 그가 받아들이지 않을 말이라는 것을 50층의 실장은 알고 있었다.

"무엇합니까? 시간이 없습니다. 어서 서두르세요."

서강수가 다시 말했다. 그러자 50층의 실장은 말 없이 박 팀장을 보았다. 박 팀장은 어쩔 수 없다는 듯 고개를 끄덕거렸다.

"알겠습니다."

실장은 잠시의 뜸을 들인 후 답했다. 그러고는 휴대전화를 꺼내 문자를 송신하였다.

우우우웅.

그 시각, 이선우는 마을 외곽을 돌며 이석호를 찾는 중이었다. 그의 부하가 모두 이곳에 있었으니, 그도 이곳 어딘가에 있을 것이라 여긴 것이다.

그러다 웅웅거리는 휴대전화를 꺼내 메시지를 읽었다.

"젠장……."

역시나 표정을 찌푸리며 격한 말을 내뱉었다. 그리고 그의 그런 행동은 이장태가 보낸 사내들과 미령이 보낸 호위무사가 동시에 보고 있었다.

손에 들린 것이 무엇인지 모르는 그들로서는 이선우가 지금 누군가의 밀지를 받아 움직이고 있다는 것이라 생각하는 중이었다.

그때, 이선우가 주변을 둘러보았다.

"내가 너무 부주의하게 행동했군. 이토록 길게 꼬리를 달고 오는 동안 아무런 것도 느끼지 못하고 있었다니."

이미 나무와 풀숲에 숨은 이들을 모두 눈으로 확인하며 이선우는 홀로 중얼거렸다.

그리고 그들이 숨어 있는 것을 본 후, 서서히 뒷걸음을 치며 물러나다 산비탈 모퉁이를 돌았다. 그리고 추격자의 시야에서 벗어난 그 즉시 바람처럼 움직이며 순식간에 산 정상까지 올랐다. 산 정상의 바위 위에 앉아 내려다보니 저 멀리 자신을 찾는 듯 두리번거리는 이들을 모습이 보였다.

이선우는 완전히 벗어났다는 판단이 들자 그제야 휴대
전화를 다시 꺼내 들고 통화 버튼을 눌렀다.

"납니다."

이선우는 조금은 격한 어투로 말했다.

"미안하게 되었습니다. 지금으로서는 어쩔 수가 없게
되었습니다."

실장은 그에게 먼저 사과의 말을 전했다. 그리고 그렇
게 해야 하는 이유를 말해주었다.

"이석호를 잡으면 그놈을 데리고 시간의 틈을 이용하여
돌아가면 되지 않습니까?"

이선우가 다른 방법을 말했다.

"물론 처음의 계획은 그것이었습니다. 이석호를 끌고
와 그가 누구의 사주를 받아 움직였는지, 그곳으로 바로
이동하도록 만드는 것이 계획이었습니다. 하지만 지금은
이선우 씨 혼자입니다. 절대 혼자서 그들을 상대할 수 없
습니다."

실장은 그가 이해할 수 있도록 최대한 차분하게 말하고
있었다. 하지만 이해하는 것과 참아야 하는 것에는 분명
차이가 있었다.

"지금 마태호 쪽이 모든 과거의 문을 다 닫았습니다.
이쪽에서 치고 들어갈 방법이 없습니다. 하여… 이석호를

미끼로 그가 시간의 틈을 통해 이동하면, 그 틈을 여기서 잡아 함께 이동하려는 것입니다."

실장이 마저 설명하였다. 이선우는 점점 인상을 구겼다. 하지만 어쩔 수 없었다. 자신 혼자 해결하려는 마음은 없었다. 단지 이 시대의 사람을 죽이고, 또 자신과 함께 일한 동료를 죽이려 한 죗값만을 물게 하고 싶었다.

영웅 심리가 있어 홀로 해결하고자 하는 마음은 전혀 없었다.

"알겠습니다. 내가 그놈을 이길 수 있을지는 모르겠지만, 되도록 그런 방향으로 진행하도록 하겠습니다."

"감사합니다. 그럼 잘 부탁드리겠습니다. 그리고 이곳에서 이선우 씨의 모든 움직임을 실시간으로 체크할 예정입니다. 또한 이석호가 사용할 시간의 틈도 함께 체크할 것입니다. 하여 모든 것이 정확하게 잡히는 순간, 이원으로 동시에 소환이 이루어질 것입니다."

실장은 그 후에 일어날 일을 말해주었다. 이선우가 이석호를 몰아붙여 시간의 틈이 열리면, 현재의 사무실에서도 그 틈을 이용하여 이석호가 도망친 곳으로 가게 될 것이다. 그리고 이선우는 지금 있는 곳에서 바로 그 해당 지역으로 소환되는 현상이 일어날 것을 미리 말해주었다.

"알겠습니다."

이선우는 모든 내용을 전해 들은 뒤 전화를 끊었다. 그런 후, 다시 시선을 돌려 아직도 저 산 아래에서 자신을 찾고 있는 이들을 보았다.

이선우는 그들의 행적을 살피며 바위에서 일어나 산길을 따라 다른 곳으로 내려가려 하였다.

"……."

바로 그때, 자신의 눈을 스쳐 가는 한 사내가 저 멀리서 보였다.

이선우는 그 자리에 멈춰 서서 마을의 한 부분을 보았다.

"이석호……."

틀림없는 이석호였다. 하지만 또 한 번 놀란 눈을 할 수밖에 없었다. 지금 자신이 서 있는 곳과 이석호까지의 거리는 약 1㎞는 족히 되어 보일 만큼 아주 먼 거리였다.

게다가 곁눈을 통해 본 것인데도 정확하게 이석호를 잡아낸 것이었다.

"이번엔 잡는다."

이선우는 그의 위치를 정확하게 파악했다. 그러곤 또다시 바람처럼 빠르게 움직여 산을 내려가기 시작하였다.

"바로 앞이다……."

1㎞를 불과 30초도 지나지 않은 상황에서 내려왔다.

어느새 바로 눈앞에 이석호를 두고 있는 상황.

그의 심장박동이 빨라지는 것을 통해 사무실에서도 그가 이석호와 대면하게 될 것을 알 수 있었다.

"……!!!"

이선우는 곧바로 이석호의 멱살을 틀어쥐려 하였다. 하지만 그 순간, 이석호의 바로 옆으로 미령이 지나쳐 가는 것이 보였다. 그로 인하여 속도를 컨트롤하지 못한 이선우는 빠르게 속도를 완전히 줄여 그 자리에서 멈춰 섰다.

"이 선비님……?"

"이선우?"

이선우가 멈춰 서는 시점에서 미령과 이석호의 거리는 불과 1미터도 되지 않았다. 두 사람이 교차하는 순간, 이선우가 멈춰 섰고, 공교롭게도 두 사람도 걸음을 멈춘 채 이선우를 보며 각기 불렀다.

이석호는 시선을 돌려 미령을 보았다. 미령도 동시에 그를 보았다.

"오호, 이런 고마울 데가."

"안 돼!"

이석호로서는 의도치 않게 제대로 된 미끼를 곁에 둔 것이었다. 그는 웃으며 말했고, 이선우가 소리치자 미령이 놀란 눈을 하였다.

아빠는
신입
사원

하지만 이선우보다는 이석호가 더 가까웠다.

"무슨 짓인가!"

위협적인 분위기가 흐르자 미령의 호위무사가 칼을 뽑아 이석호의 목을 겨누며 소리쳤다. 하지만 이석호는 전혀 당황하지 않은 채 호위무사의 칼날을 한 손으로 꽉 움켜쥔 뒤 바로 비틀어 버렸다.

"……!!!"

그 모습에 주변에 있던 사람들 모두가 놀란 눈으로 이석호를 보았다.

퍽!

그리고 남은 한 손으로 호위무사의 가슴을 강하게 밀어치자, 그는 몇 바퀴를 굴러 담벼락에 부딪힌 뒤, 그 자리에서 즉사하였다.

"이번엔 내가 이길 것 같다. 그렇지 않은가?"

이석호는 입가에 미소를 지으며 말했다. 미령은 자신의 머리채를 잡은 이석호를 보며 비명을 질렀다. 하지만 이석호가 그런 소리에 잡은 머리카락을 놓아줄 인물은 아니었다.

"세상에 저런 쌍놈을 보았나. 어디서 감히 양반네 규수의 머리채를……."

"시끄러! 양반이고 뭐고! 훗날 되면 모두 똑같은 인간으로 살아! 그러니 괜히 눈치 보지 말고 자손들 제대로 먹여 살리려면 양반네들 땅이나 조금씩 훔쳐서 모아둬라. 그것이 후손을 위한 일이다!"

사람들은 이석호의 행동을 보며 삿대질을 하였다. 하지만 오히려 이석호는 성을 내며 소리쳤다.

"대체 무슨 말이오? 그리고 왜 나에게 이러는 것이오? 그만 놓아주시오."

미령은 그에게 애원했다. 하지만 그리 곱게 말한다고 그의 손이 풀릴 리 없었다.

"무슨 일입니까? 왜 눈빛이 그리 변했습니까?"

이기석이 50층의 실장의 눈빛이 돌변한 것을 보며 물었다.

"정확한 것은 알 수 없지만, 이선우 씨와 이석호가 서로 만난 것 같습니다."

"그래요? 그럼 잘되었군요. 우리를 지금 그곳으로 바로 보내주십시오. 그러면 이석호를 바로 잡을 수 있지 않겠습니까?"

실장의 말에 서강수가 물었다. 그의 말은 충분히 일리가 있었다.

하지만 50층의 실장은 그에게 답을 주지 않았다.

"서둘러 보내주십시오."

"그렇게 할 수는 없습니다."

"……!!!"

서강수가 재차 말하자 박 팀장이 답했다. 그러자 이기석을 제외한 세 사람이 의아한 눈빛으로 그녀를 보았다.

"이유가 뭔가?"

서강수가 그녀에게 물었다. 그 순간에도 50층의 실장은 여전히 아무런 말을 하지 않았다.

"지금 실장님들을 저곳으로 보내면 오히려 이석호를 잡을 수 있는 기회를 놓치게 됩니다."

박 팀장의 말에 세 사람은 한순간 이해가 되지 않았다. 하지만 이기석은 곧 무언가 이해한 듯 그녀의 말에 고개를 끄덕거렸다.

"이유가 무엇입니까? 우리 쪽 사람이 더 늘어나는 것이니 오히려 그를 잡을 수 있는 확률이 더 높은 것이 당연한 것 아닙니까?"

박한슬이 그녀를 보며 물었다.

"박 팀장의 말이 맞습니다. 우리가 가면 오히려 이석호를 놓치게 되는 꼴이 됩니다."

이기석이 그들의 중심으로 이동하며 말했다. 그러자 모두가 그를 보았다.

"우리가 노리는 것은 시간의 틈입니다. 이석호를 잡는 것은 그 후입니다. 지금 우리가 몰려가면 이석호를 잡을 수는 있겠지만, 그가 시간의 틈을 이용하여 다른 곳으로 가는 것을 볼 수 없습니다. 그리고 무엇보다… 우리가 그곳으로 가는 도중 이석호가 시간의 틈을 이용하여 이동한다면… 우리는 어쩌면 영영 이석호를 찾지 못할 수도 있습니다."

이기석이 아주 정확한 답을 주었다. 현실의 세계에서 마태호를 잡는 것도 어려워졌다. 그렇다고 회장과 경영기획실장을 찾기란 요원했다.

그런 상황에서 남겨진 유일한 방법은 이석호를 이용하여 시간의 틈으로 들어가 지금 현재의 마태호가 있는 곳의 틈을 이용하여 들어서는 것뿐이었다.

즉, 이석호를 잡는 것이 아니라, 그가 시간의 틈을 이용하여 이동하기를 바라야 했다.

"기다리십시오. 이선우 씨가 꼭 해낼 것입니다. 그리고 그가 시간의 틈을 이용할 때, 여러분이 이동하시게 될 것입니다."

50층의 실장이 박 팀장 대신 결론을 내려주었다. 그러자 더 이상 아무도 뭐라 말하지 않았다. 오로지 중앙 모니터에 뜬 이선우의 심장박동과 함께 바이오리듬을 체크할

110　아빠는
신입
사원

뿐이었다.

"그 사람을 놓아줘라."

같은 시각, 이선우는 미령을 잡고 있는 이석호에게 단호한 목소리로 말했다. 하지만 그럴수록 이석호의 손은 그녀의 머리채를 더욱더 강하게 조였다.

"아주 오래되었다. 난 내가 살던 곳으로 가지도 못하고, 이런저런 곳을 떠돌아다니며 살았다. 그 누구도 나를 소환시키는 사람이 없었지."

이석호는 그동안 쌓인 감정을 이선우에게 토로하고 있었다.

"그건 네가 만든 인생이다. 누구의 탓도 아니다. 넌… 그 어떤 세계에서도 추방된 놈이다. 그러니……."

"시끄러! 네놈이 무얼 아는가! 이런 세계를 접한 지 겨우 몇 달 된 놈이 몇 십 년을 떠돌아다닌 나에 대해 알기나 하는가!"

이석호는 처절하게 소리쳤다. 영문 모를 소리에 미령의 눈빛이 흔들리자 이선우는 그녀를 제대로 볼 수가 없었다.

그녀에게 혼란을 주지 않으려 그녀와 떨어져 있으려 했던 그였다. 하지만 결론은 그의 마음처럼 이뤄지지 않았다.

"과거와 미래를 오가며 사람들의 고충을 들어준다? 웃기고 있네. 그건 그저 보기 좋은 포장일 뿐이다. 결국은 시간의 흐름을 다 뭉개며 자신들의 이익만을 챙기는 족속들의 노리갯감밖에 되지 않는 삶이다."

이석호의 말에 이선우의 눈빛도 한차례 흔들거렸다. 그리고 그 누구보다 미령의 눈빛이 심하게 흔들리고 있었다.

두 사람의 대화를 잘 이해할 수는 없지만, 과거와 미래를 오간다는 말은 어렴풋이 이해할 수 있었다.

이미 지나가 버린 과거와 아직 다가오지 않은 미래로 간다는 말을 들은 그녀의 머릿속으로 이선우의 과거와 현재의 모습이 함께 겹쳐지고 있었다.

자신은 이미 십 몇 년의 세월을 겪어 나이가 들었다. 하지만 이선우는 다른 것이 없었다. 그 시절 그때의 모습 그대로였다.

그리고 포도청에서 갑자기 사라졌던 일과 의미를 알 수 없는 말들을 사용하는 것……. 조금씩 그의 이상한 점이 보이고 있었다.

"자, 어찌할 것인가? 이 여자를 살리고 싶다면 넌 내 손에 죽어야 한다. 그렇게 되면 네가 살아가고 있는 시대의 가족들은 슬퍼하며 평생을 눈물로 살아가겠지. 선택해라. 내가 나를 죽이려 든다면 이 여자가 먼저 죽는다."

이선우는 미령을 보았다. 그녀의 눈빛은 이선우를 원망하는 눈빛이 아니었다. 아직도 변함없는 벗을 보는 눈빛으로 변해 있었다.

"넌… 내 손을 벗어날 수 없다."

퍽!

"……!!!"

이선우는 그녀의 눈빛을 본 후, 결정을 내렸다. 쉽지 않은 결정인 듯 인상을 구기며 날카로운 음성으로 말하는 이선우.

그런 후, 사라지듯 움직여 이석호의 복부를 걷어찼고, 이석호는 그 충격에 뒤로 한참을 밀려나 넘어졌다.

털썩.

그와 동시에 미령이 스르륵 쓰러졌다. 미령은 이미 죽을 각오가 되었다는 눈빛을 그에게 보낸 것이다.

그녀의 등에는 그 짧은 순간에 단검이 꽂혀 있었다.

"미령 씨……."

이선우는 지금껏 써온 아가씨란 칭호를 빼고 그녀의 이름을 불렀다.

미령은 천천히 손을 들어 그의 얼굴을 만졌다.

"보고 싶었습니다. 당신 같은 사람을 어떻게 잊겠습니까? 그래서 보고 싶었습니다. 그리고 이렇게 보았으니 되었습니다."

미령은 눈물을 흘리며 말했다. 그러자 이선우의 눈에서도 눈물이 흘러내리기 시작하였다.

"으아아악!"

이선우는 소리쳤다. 주변에 있던 사람들은 그의 큰 목소리에 놀라 뒤로 넘어지고 일부는 귀를 막았다.

하지만 미령은 여전히 그의 얼굴을 어루만지며 미소를 띤 채 눈물 흘릴 뿐이었다.

"아가씨!"

곧 이장태가 다가왔다. 이장태는 이선우를 밀쳐 내고는 미령을 끌어안았다.

그 순간에도 미령의 시선은 이선우를 향해 있었고, 이선우의 시선도 그녀에게 향해 있었다.

"당장 저놈을 잡아라!"

이장태는 이석호가 아닌, 이선우를 잡도록 명령 내렸다. 그러자 포졸들이 일제히 이선우를 향해 달려들었다.

"멈춰라!"

그 순간, 굵직한 목소리가 들리며 모두의 움직임이 멈추었다.

"바… 박만돌 영감!"

박만돌이었다. 그는 앞서 한양으로 급히 움직였다. 하

아빠는
신입
사원

지만 무슨 영문에서인지 이제야 청주를 지나쳐 가고 있었고, 때마침 지금의 모든 것을 직접 눈으로 보게 되었다.

"일어나게, 선우."

박만돌은 말에서 내려 선우를 내려다보며 말했다. 그리고 천천히 걸어 미령의 곁으로 다가갔다.

이장태는 그가 다가서자 어쩔 수 없다는 듯 미령을 내려놓고 뒤로 물러났다.

"지금 이곳에 있는 그 어떤 누구도 자리를 벗어날 수 없도록 하라!"

"네, 영감!"

박만돌의 명령은 곧바로 이행되었다. 그와 함께 한양으로 향하던 수많은 포졸들이 일제히 주변을 감쌌고, 넘어진 이석호도 그제야 천천히 몸을 일으키고 있었다.

"저놈, 자네가 그려준 바로 그놈이군."

박만돌은 이선우가 그려준 용모파기를 들고 있었다. 그리고 그 그림과 지금 눈앞에 있는 이석호의 모습이 일치하는 것을 보며 말했다.

"미안하네… 만돌."

이선우가 몸을 일으키며 말했다. 박만돌은 그를 한 번 보고 다시 미령을 보았다.

"미령 아가씨를 꼭 살려주게. 내 부탁이네."

이선우는 박만돌에게 부탁하며 이석호를 향해 서서히 다가가려 했다. 그러자 미령이 그의 손을 잡았다.

"이대로… 이대로 가시면 또 볼 수 있는 날이 있는지요?"

상태가 좋지 못한 그녀는 가쁜 숨을 내쉬며 물었다. 하지만 이선우는 그녀에게 답을 주지 못했다. 그저 눈물 맺힌 눈동자로 미소만 지어주었다.

"부탁하네, 만돌."

이선우는 다시 한 번 박만돌에게 부탁한 후, 서서히 몸을 일으킨 이석호에게 다가갔다.

"나를 잡을 순 없다!"

이석호는 자신을 향해 다가오는 이선우를 보며 소리쳤다.

"실장님! 시간의 틈이 열렸습니다!"

그 순간, 박 팀장이 소리치자 모두가 긴장된 표정을 한 채 50층의 실장을 보았다.

"바로 이동하겠습니다. 모두 준비하십시오!"

그의 말에 네 명의 실장이 모두 LED 위에 올라섰다.

"자, 오너라!"

이석호는 이선우를 맞이할 준비를 하며 시간의 틈을 열었다. 자신이 가진 최고의 장점인 시간의 틈을 이용하여 어디론가 가려는 것이었다.

"제발… 네놈에게 사주한 그놈의 곁으로 바로 날아가라."

사무실에 있는 모두가 간절히 바라고 있었다. 그가 그곳으로 가기만 한다면 그 자리에서 그 모두를 다 제거할 수 있다는 자신감이 있었다.

"이야앗!"

이선우가 소리쳤다. 그리고 이석호는 비열한 웃음을 얼굴 가득 띠며 그를 반겼다.

"지금입니다!"

그와 동시에 사무실에서도 박 팀장이 소리쳤다. 그러자 곧바로 LED에 불이 밝혀졌고, 네 실장의 모습이 사라졌다.

"……."

"어디로… 갔지?"

조선 시대에서도 같은 현상이 일어났다. 조금 전까지 있던 이선우와 이석호가 거짓말처럼 눈앞에서 사라졌다.

사람들은 어리둥절한 눈을 한 채 주변을 두리번거렸다. 하지만 그 어디에도 두 사람은 없었다.

박만돌은 미령을 안은 채 이선우가 사라진 곳을 보고 있었다. 미령도 그곳을 보았다. 호들갑을 떠는 주변 사람들과는 달리 두 사람은 놀란 눈을 하지 않았다.

"지금 즉시 의원을 불러라! 아가씨를 치료한다!"

"네! 영감!"

박만돌의 큰 목소리에 포졸들이 답했고, 박만돌은 그녀를 들어 안아 올렸다.

"영감, 이대로 가시는 것입니까? 지금 눈앞에서 본 것을 어떻게 설명해야 하는 것입니까? 영감의 벗이라는 그자가 사라졌습니다. 그리고 미령 아가씨를 이렇게 만든 자도 사라졌습니다. 필시 두 놈이……."

"입 다물라……."

이장태가 미령을 안고 걸어가는 박만돌의 옆을 졸졸 따르며 물었다. 그러자 박만돌은 표정을 일그러뜨리며 그에게 한마디를 쏘아붙였다.

곧 박만돌의 부하 한 명이 눈치 없는 이장태를 떼어놓았다.

"대감께서 이 일을 아시면 영감이라 하여도 무사하지는 못할 것입니다!"

자신을 무시하는 박만돌을 향해 이장태가 소리쳤다. 하지만 박만돌은 발걸음을 멈추지 않았다.

"알고… 계셨습니까?"

미령은 그에게 안겨 가며 물었다. 하지만 박만돌은 답하지 않았다.

"벗입니다. 벗이 하는 일인데 믿지 않는다면, 그것은 벗이라 할 수 없지 않겠습니까?"

잠시 후, 박만돌은 나지막한 목소리로 말했다. 그러자 미령은 등에 꽂힌 단검의 고통을 잊은 듯, 그를 보며 미소를 지었다.

"선우는 다시 올 것입니다. 절대 아가씨를 이렇게 두고 갈 놈이 아닙니다."

박만돌이 그녀를 내려다보며 말했다. 그리고 미소를 지었다.

그 표정은 마치 모든 것을 알고 있었다는 것 같아 보였다.

그저 모른 척 눈감고 있었을 뿐이라는 듯.

팟!

팟팟팟팟!

이선우가 어느 한곳에 모습을 보였다. 그리고 약 1초의 시간이 흐른 후, 네 명의 실장도 나타났다.

"고생하셨네."

이기석은 이선우를 보며 말했다. 하지만 이선우의 표정은 그밝지 못했다.

"여기는 어디입니까? 이석호는 어디에 있습니까?"

이선우는 주위를 둘러보며 물었다.

"회사……?"

곧 이기석이 한곳을 보며 말했다. 그러자 모두의 시선이 그를 따라 향했다.

"회장님이군."

크게 걸려 있는 회장의 사진.

"그런데 이런 곳이 있었습니까? 저는 처음 보는 곳입니다."

주위를 더 둘러보던 서강수가 말했다. 비록 자신이 지하 39층을 관장하는 실장이지라만, 그렇다고 회사 내부를 모를 리는 없었다.

"처음 보는 것이 어쩌면 당연할 것입니다."

모두가 어리둥절한 표정으로 사방을 둘러보고 있을 때, 네 사람보다 조금 더 앞서 나간 이선우가 입을 열었다. 그 말을 듣고 모두가 그의 곁으로 다가갔다.

"하… 너무 멀리 왔네."

이선우가 본 것은 하나의 사진이었다. 그것도 2211년이라는, 아주 어마어마하게 먼 미래에 찍힌 사진이었다.

일곱 명이 함께 나란히 서 있는 사진에는 이선우도 있었다. 그리고 사진 밑에는 전설이라는 글귀가 멋들어지게 쓰여 있었다.

"이선우 씨가 역시 이 회사의 전설로 남게 되었군요."

박한슬이 사진을 보며 말했다.

"그리 좋게 느껴지지가 않네요. 지금은 내가 이 회사를 무너뜨리고 싶은 심정이니 말입니다."

이선우의 본심이었다. 그는 이 의뢰를… 아니, 사건을 맡기 전까지는 이 회사가 마음에 들었다.

과거와 미래를 오가는 시간 여행도 마음에 들고, 어쩌다 보니 자신의 과거와 미래를 보는 것도 마음에 들었다.

한 번도 보지 못한 할아버지와 할머니를 본 것도 좋았고, 부모님은 본 것도 좋았다.

다 큰 자신의 아들들을 보는 것도 좋았다. 하지만 이제는 아니었다.

너무나 많은 희생을 보았다. 그리고 이석호의 말도 떠올랐다. 이미 일어난 일을 뜯어고친다지만, 결국은 이미 일어난 일이었다. 뜯어고친다고 하여도 뜯어고쳐지는 것은 없었다.

단지… 누군가… 과거나 미래에서 사는 그 어떤 누군가가 그 뜯어고친 것을 접할 뿐이었다.

그런다고 그들이 그에 대해 알 수 있는 것도 아니다. 어차피 고쳐졌어도 그렇게 흘러가는 과거이며, 미래일 뿐이었다.

그 어떤 사람이라도 누군가가 잘못된 것을 고쳐 놓았다고 생각하는 일은 없을 것이다.

"이선우 씨의 마음은 이해합니다. 하지만 지금은 현재입니다. 그러니 현재 당신의 삶을 바로잡기 위해서는 꼭 이석호를 잡아야 합니다."

이기석이 그의 곁으로 다가서며 말했다.

"그놈은 잡을 것입니다. 그리고 모두에게 물을 것입니다. 왜… 왜 이런 것을 만들어서 균형을 깨며 살아가는지 물을 것입니다."

이선우의 말에 네 실장은 아무런 말도 하지 못했다.

짝짝짝!

"……."

그 순간, 모두의 뒤쪽에서 박수 소리가 들려왔다.

다섯 사람은 동시에 뒤를 돌아보았다.

"마태호……."

마태호 부장이었다. 그는 이석호를 이용하여 역모를 꾀

했다는 것을 직접 보여주고 있었다.

"설마 이석호가 저 살고자 모두를 데리고 이곳으로 올 것이라고는 생각지도 못했습니다. 그리고… 중앙 통제실에서 유일하게 통제할 수 없는 시간의 틈을 이용하여 나를 치겠다는 것을 생각한 것도 정말 놀랍습니다."

마태호는 홀로 서서 다섯 명을 보며 여유 있는 어투로 말했다.

슈웃!

콱!

그 순간, 박한슬이 바람같이 움직여 어느새 그의 앞으로 다가가 멱살을 잡았다.

"네놈이… 어떻게 네놈이 이따위 짓을 할 수 있지?"

박한슬은 30대 초반의 여인이지만, 워낙 이런 세상에서 오랫동안 굴러먹다 보니 행동이나 말이 거칠게 변했다.

"한슬아… 내가 너를 입사시켰다. 그런데 감히 그 은혜도 모르고…….."

콱!

마태호는 그녀의 손을 살며시 잡으며 멱살을 놓으라는 듯 부드럽게 말했다. 하지만 그의 말이 끝나기도 전에 박한슬의 손은 그의 목을 더욱더 강하게 조였다.

"지금 나를 죽인다고 모든 것이 끝나는 것은 아니다.

이곳이… 이곳이 현재 같은가? 천만에… 너희들이 보았듯이 2211년이다. 너무나 먼 미래지. 지금 나를 죽이고 이 세상을 바꾼다고 하여도 지금 너희들이 살고 있는 세상은 이미 내 세상이 되어 있다. 난… 과거와 미래를 오가며 많은 부를 축적했지."

마태호는 멱살이 잡혀 있는데도 여전히 여유 있는 어투로 말했다.

"놓아주게. 그놈은 그냥 허상일 뿐이야."

이기석이 박한슬을 보며 말했다.

"허상…이라고요?"

박한슬은 믿을 수 없었다. 손에 느껴지는 감촉도 실제와 다를 것이 없었다. 그런데 허상이라 하니, 더욱더 믿을수 없었다.

"저놈이 직접 말하지 않았나. 이곳은 2211년이다. 멀어도 너무 먼 미래지. 그 시간 동안 저놈이 죽지 않고 살아 있을 리 없지 않은가."

"이놈도 시간의 틈을 이용하여 왔을 수도 있지 않습니까?"

이기석의 말에 박한슬이 가능하다는 뜻이 담긴 말을 했다.

"아니. 불가능하네."

"이유가 무엇입니까?"

이기석은 그녀의 말을 단호하게 잘랐고, 박한슬은 이유를 물었다.

"이유는 간단합니다."

그 이유를 안다는 듯 이선우가 박한슬에게 다가가 말하며 곧 그녀의 손을 잡아 살며시 풀었다.

그러고는 앞에 있는 마태호를 노려보며 그의 이마를 한 손가락으로 툭툭, 치며 뒤로 밀어 보였다.

그 와중에도 마태호의 표정은 웃고 있었다.

"아무리 부처고 하나님이고 성모 마리아님이라고 하여도 손가락으로 이마를 밀어 대는 치욕은 참지 못할 것입니다. 그런데 이놈은 웃고 있어요. 이 모든 것이 이미 계획된 프로그램이라는 것이지요."

이선우는 정확하게 알고 있었다.

"그리고 또 한 가지. 시간의 틈을 이용하여 마태호가 직접 온다? 있을 수 없는 일입니다. 가만히 있으면 자신만의 왕국이 형성될 것인데, 굳이 언제, 어디로 나가게 될지도 모르는 시간의 틈을 이용하여 안으로 들어오려 할까요?"

너무나도 정확하게 핵심을 짚는 말이었다. 그러자 그제야 박한슬도 이해가 된 듯 이선우를 보았다.

"어떻게 알았습니까?"

"지금까지 실장이라는 당신들이 줄곧 한 이야기입니다. 그 뜻을 모른다면 오히려 바보겠죠."

이선우는 박한슬을 지나쳐 다시 앞쪽으로 걷기 시작하였다. 그리고 그 와중에도 마태호를 빼닮은 프로그램은 계속하여 웃고 있었다.

"이석호가 왜 이곳으로 왔을까요? 그리고 마태호가 이곳에도 프로그램을 열어두었다면, 이 시간대까지 그의 세상이 되어 있다는 것과 같지 않겠습니까?"

지상 2층의 실장인 서지호가 물었다.

"이미 그의 세상이 모두 만들어진 것이겠지요. 하지만 우린 포기하지 않을 겁니다. 이석호가 이곳으로 왔으니, 이곳의 틈부터 막아서 더 이상 다른 데로 가지 못하게 막고, 또 그에게 떠돌이 귀신이 되도록 만든 장본인을 찾아 이 문제도 끝내겠습니다."

이기석은 이선우의 뒤를 따르며 말했다. 이선우는 포기할 생각 따윈 전혀 없었다. 그는 이 모든 시스템을 다 없애려는 생각을 하고 있는 중이었다.

"그런데 2211년에는 사무실 직원이 없나 봅니다. 어째 사람이라고는 그 못생긴 마태호 한 놈밖에 보이지 않는 것입니까?"

이왕 여기까지 왔으니 모든 것을 정리하고 돌아갈 생각으로 움직였다. 그런데 한참을 움직여도 사람이라고는 머리카락 하나 보이지 않자 박한슬이 물었다.

"말하지 않았나, 이미 마태호의 시대가 열려 있는 곳이라고. 그는 아마도 불필요한 곳에 있는 회사를 모두 없앤 모양이더군. 그래서 과거와 현재, 미래 중 자신이 가고 싶은 곳에만 회사를 살려두고, 나머지 지역에 있는 모든 회사를 다 무력화 시킨 것 같네."

이기석이 그녀의 물음에 답했다. 그제야 그녀도 이곳에 왜 사람이 없는지 알 수 있었다.

"어떻게 되었나?"

한편, 다섯 사람을 동시에 시간의 틈으로 보낸 50층의 실장이 박 팀장에게 물었다.

"잡히지… 않습니다. 어느 시점, 어디에서 무엇을 하고 있는지 전혀 포착할 수가 없습니다."

박 팀장이 답했다. 그녀의 말처럼 시간의 틈으로 들어가면 절대 현재의 시스템으로는 찾아낼 수가 없었다.

그렇기에 지금까지 이석호의 움직임을 제대로 포착하지 못했던 것이다.

"낭패군. 그들을 다시 소환하려면 위치를 알아야 한다.

그렇지 못하면 그들을 다시는 이곳으로 소환할 수가 없어."

실장의 눈동자가 떨렸다. 어느 정도 예측은 하고 있었다. 이석호를 찾지 못했으니, 시간의 틈으로 들어간 동료들도 찾지 못할 것이라 생각하였다.

하지만 한 가지 희망을 가지고 있었다. 바로 이석호가 현재의 시점으로 온다는 것. 오직 그것에 희망을 건 것이었다.

"계속 찾아보겠습니다."

박 팀장은 실장의 눈을 보았다. 무척 심하게 떨리고 있는 눈빛에 그가 지금 수많은 생각으로 머릿속이 복잡할 것이라는 사실을 알 수 있었다.

박 팀장이 물러나자 실장은 휴게실에 누워 있는 세 명의 환자를 보았다. 그들은 아직도 의식이 없었다. 과거의 어느 시점에서 입은 상처가 현실 세계로 오면서 그 강도가 심해진 것이라 여겨지고 있었다.

"그런데 왜 이석호가 이곳으로 왔을까요? 이곳은 실장님의 말대로라면 마태호가 버린 곳입니다. 그런데 굳이 이런 곳으로 도망친 이유가 있을까요?"

한편, 이석호를 쫓아온 후, 아무도 없는 사무실을 돌아

아빠는
신입
사원

보고 있던 중 박한슬이 이기석에게 물었다.

"아무도 없는 이곳에서 그놈의 첫 번째 시간의 틈이 시작되었을 수도 있습니다."

박한슬의 질문에 대한 답은 이선우가 하였다. 그의 답을 듣고 실장들이 모두 그를 돌아보았다.

자신들도 정확하게 알지 못하는 현재의 상황을 이제 고작 입사 3개월째에 접어든 그가 너무나 잘 알고 있는 것이 신기하였다.

'이선우… 정말 빠른 속도로 이 세계에 녹아들고 있다. 정말 무서운 사람이다.'

이기석이 그를 보며 느끼는 생각이었다. 빠른 움직임은 물론, 초인적인 힘을 가지는 것, 그리고 사고 판단. 아무리 입사 초기에 알약 하나로 그 기능을 다 발휘할 수 있다고는 하지만, 적어도 10년은 넘게 걸리는 것이 보통이었다.

하지만 이선우는 고작 3개월 만에 그 모든 것을 다 해내고 있었다. 아니, 그 이상을 보여주고 있었다.

"이곳에는 아무도 없습니다. 이석호도 이곳에는 없는 듯합니다."

"네?!"

일행들은 놀람과 함께 잠시 정적이 흘렀다. 그러다 이

선우가 걸음을 멈추고 주변을 둘러보며 말했다. 그러자 모두가 놀란 눈으로 그를 보았다.

"왜 그런 생각을 하셨습니까?"

39층 실장이며 이선우를 책임지는 실장인 서강수가 물었다.

"이석호가 느껴지지 않습니다. 그리고 그 어떤 누구의 힘도 느껴지지 않습니다."

"그 모든 것을 느낄 수 있단 말입니까?"

지하 5층 실장인 민석훈이 물었다.

"네, 느낄 수 있습니다. 하지만 그 이유는 모릅니다. 나에게 왜 갑자기 이런 변화가 생겼는지는 모릅니다. 하지만 확실히… 그놈의 모든 것이 느껴지지 않습니다."

이선우의 말을 들은 이기석의 눈동자가 살짝 떨렸다. 만약 이석호가 없다면 이곳을 나갈 수 있는 방법은 현재의 사무실에서 자신들의 위치를 파악하여 소환하는 방법밖에 없었다.

"실장님, 어떡하죠?"

박한슬이 이기석에게 물었다.

"일단 주변을 더 둘러본다. 이선우 씨."

"네?"

"당신은 나와 함께 가겠습니다. 그리고 나머지 세 사람

아빠는
신입
사원

은 이 회사의 구석구석을 다 돌아보십시오. 난 이선우 씨
와 함께 회장실로 가겠습니다."

"알겠습니다."

박한슬과 서강수, 민석훈이 다른 지역을 살펴보기 위하
여 움직이자 이기석과 이선우만이 자리에 남게 되었다.
둘만 남은 상황에서 이기석은 이선우를 보며 말했다.

"당신은 정말 뛰어납니다. 우리가 10년 넘게 걸린 모
든 것을 당신은 지금 3개월 만에 해내고 있습니다. 어쩌
면⋯ 회장님께서 바라던 일을 하실 수 있을지도 모르겠습
니다."

"회장님이 바라시는 일이라면⋯⋯."

"이곳을 빠져나간 후에 말씀드리겠습니다. 일단 출구를
찾아보죠."

이선우는 그의 말뜻이 궁금하였다. 그리고 지난날이 갑
자기 떠올랐다.

50층의 실장은 회장이 다른 생각을 하고 있다는 말을
하였다. 그리고 그 생각의 중심에 아마 이선우, 자신이 있
을 수도 있다는 말을 하였다.

그리고 지금, 이기석도 같은 말을 하였다. 필시 회사의
몇몇 사람들은 회장과 같은 뜻을 가지고 있고, 또 몇몇은
그것을 반대하는 입장인 마태호와 뜻을 함께하고 있는 것

처럼 느껴지고 있었다.

짧은 상념 끝에 두 사람은 곧 회장실 앞에 도착하였다. 어느 시대든 각 회사마다 회장실은 존재하였다. 전 세계, 전 시대, 그 어디를 가든 회장이 항상 머물 곳을 마련해 둔 것이다.

삐이익.

얼마나 오랫동안 문을 열지 않았는지, 자동으로 열리는 문이 괴음을 내며 서서히 열렸다.

"회장님은 그때나 지금이라 같은 사람이군요."

이선우의 눈에 가장 먼저 들어온 것은 회장의 사진이었다. 이미 이곳에 처음 왔을 때도 보았지만, 회장실에서 직접 보니 이곳의 회장이 아직 바뀌지 않은 것을 알 수 있었다.

"지금 우리가 2211년에 와 있지만, 우리가 살고 있는 그 현재의 시간과는 변함이 없다고 생각하면 됩니다. 즉, 그냥 임무 차 미래로 왔다고 생각하십시오. 그러는 것이 이해가 빠를 것입니다."

그리 생각하면 이해가 빨랐다. 회장이 그대로고, 또 회장과 함께 찍은 자신의 사진을 봐도 그리 나이를 먹은 사진이 아니였으니. 결국 이곳은 자신이 살고 있는 현재의 시간과 별반 차이가 없다는 것을 알 수 있었다.

"분명 이석호가 이곳으로 우리를 데리고 온 이유가 있을 것입니다. 그 이유를 알게 된다면 이곳에서 빠져나가는 방법도 알 수 있을 것입니다."

이기석이 사무실 곳곳을 돌아보며 말했다. 그를 따라 이선우도 사무실을 돌아보았다. 단 한 번도 회장 사무실을 가본 적이 없지만, 자신이 직장 생활을 할 때, 결재 서류를 들고 들어서던 여느 회장실과 별반 다를 것이 없는 사무실이었다.

"조심해서 갑시다."

한편, 이기석 실장의 지시를 받은 세 사람은 지상 층으로 이동하는 중이었다. 아주 오랫동안 사용한 흔적이 없는 회사지만, 그래도 전기가 들어오고 승강기가 작동하니 위로 올라가 외부를 살펴보는 것이 속 편할 것이라 여겼다.

띵.

곧 승강기가 지상 1층에 도착하자 세 사람은 외부로 나왔다.

"하… 이걸 어떻게 설명하지?"

서강수가 눈을 이리저리 돌리며 말했다. 그리고 두 명의 눈도 휘둥그레져 있었다.

"이석호가 이곳으로 도망쳤다면 찾기는 틀려먹었다."

민석훈이 눈만 껌벅거리며 말했다. 지금 세 사람이 서 있는 곳은 2211년의 회사 앞 거리였다.

사람들은 모두 뼈만 앙상하게 남은 것처럼 비실거리며 걷고 있었다. 모두가 눈은 반쯤 감겨 있고, 배고픔에 힘들어하는 모습이 너무나 리얼하게 펼쳐져 있었다.

"왜… 이렇게 되었을까요?"

박한슬이 물었다.

"아무래도 뭔가 일이 있었겠지. 그렇지 않고서야 미래가 이렇게 망가져 있을 리 없잖아."

민석훈이 그녀의 질문에 답한 뒤, 계단을 내려가 거리로 나섰다. 사람들은 세 사람을 보면서도 멍한 눈빛은 그대로였다.

"이들이 우리를 보는 눈빛이 달라지면, 그건 위험하다는 뜻이니 저들의 눈빛을 잘 보고 움직이십시오."

서강수가 말했다. 그의 말처럼 지금 세 사람은 이곳에 있는 사람들과 전혀 달랐다. 살도 있고, 얼굴색도 좋으며, 건장하다. 하지만 주변에 있는 이들은 뼈만 남았고, 얼굴색도 형편없으며, 나약해 보였다.

"일단 안으로 다시 들어가시죠. 이기석 실장님과 이선우 씨를 데리고 함께 움직여야 할 것 같습니다. 괜히 일이……."

펵!

"……!!!"

박한슬이 직감적으로 위험하다는 느낌이 들어 말을 끊으며 뒤로 걸음을 옮길 때, 어디선가 손도끼 같은 것이 날아와 민석훈의 머리에 그대로 적중했다.

그에 박한슬과 서강수는 놀란 눈을 하며 뒤로 물러나다 넘어졌고, 이내 몸을 일으켜 회사를 향해 달음박질쳤다.

"대체 뭐야! 어디서 뭐가 날아온 거야!"

서강수는 회사 안으로 뛰면서 소리쳤고, 박한슬은 소리칠 틈도 없이 무조건 회사 건물 안으로 들어간 뒤, 승강기 버튼을 눌렀다.

"어서요! 어서 오세요, 실장님!"

먼저 도착한 박한슬이 승강기를 잡아두며 서강수를 불렀다. 그리고는 서강수가 도착하자마자 서둘러 문을 닫았다.

쾅쾅쾅!

곧이어 들려오는 소리. 승강기의 문을 강하게 두드리는 소리가 소름 돋을 정도로 공포스러웠다.

"그런데 여기에는 회장실이 지하에 있다는 것이 신기합

니다. 보통은 가장 상층에 있지 않습니까?"

회장실을 마저 둘러보고 있던 이선우가 물었다.

"회장실은 자주 변동합니다. 어떤 때는 지하 더 깊숙이 내려가 있을 때가 있으며, 또 어떨 때는 지상층 가장 위에 있을 때도 있지요. 뭐… 그런 것은 그다지 중요하지 않습니다."

회장실을 마저 돌아본 뒤 말한 이기석은 이내 별다른 것을 찾지 못한 듯 다시 나가려 하였다.

쾅!

그 순간, 서강수가 회장실 문 앞으로 넘어지면서 허겁지겁 기어 들어왔고, 곧 박한슬도 안으로 들어섰다.

"무슨 일입니까?"

이기석이 물었다.

"이곳 외부 상황은 최악입니다. 사람들이 미쳤어요. 그리고 민석훈 실장이 어디서 날아왔는지 모를 도끼 같은 것에 맞아 숨졌습니다."

"……!!!"

이기석과 이선우의 눈이 동시에 흔들리며 커졌다. 그리고 두 사람은 지금 들어온 두 사람과 달리, 오히려 외부로 나가려 승강기 쪽으로 향하였다.

"안 됩니다! 외부에 무엇이 있을지 모릅니다!"

박한슬이 다급하게 소리쳤다.

"그곳에 우리가 찾는 놈이 있을 것입니다. 그놈이 지금 이 시대를 장악한 놈일 것입니다. 마태호가 아닌… 이석호, 그놈이 여기를 장악했을 것입니다."

이선우가 빠르게 승강기를 향해 달리며 말하자, 서강수와 박한슬이 잠시 그대로 선 채 서로를 바라보았다.

그 말을 듣고 나니 지금의 상황이 점차 이해되었다. 그리고 이석호가 왜 이곳으로 왔는지도.

하지만 그 짧은 순간에 이기석과 이선우가 이석호를 생각해 냈다는 것이 더 신기하였다.

두 사람을 두고 급히 달려 나온 이기석과 이선우는 승강기 앞에서 멈춰 섰다. 과연 승강기는 움직이고 있었다.

"내려올 모양이군."

이기석의 말에 두 사람은 승강기 반대편에 있는 사무실 문을 열고 안으로 들어갔다.

띵.

곧 승강기가 도착하면서 예상대로 뼈만 앙상하게 남은 사람들이 떼거리로 몰려나왔다.

"마치… 좀비 같습니다."

이선우의 말대로였다. 살아 있긴 하지만, 좀비라고 말해도 될 정도로 뼈만 남고 식욕에 굶주린 사람들처럼 보였다.

"제길! 이쪽으로 오네! 어서 도망쳐!"

두 사람은 그들이 내리는 것을 알고 빈 사무실로 들어가 몸을 숨겼지만, 박한슬과 서강수는 그렇지 못하였다. 공포에 질린 서강수가 소리치며 다시 뒤로 달려가기 시작하였다.

"오릅시다."

이기석이 두 사람을 그리 신경 쓰지 않는 듯 곧바로 승강기를 향해 움직이며 말했다. 하지만 이선우는 망설이며 사람들에게 쫓기는 두 사람을 바라보았다.

"먼저 가 계십시오. 저분들과 함께 가겠습니다."

결국 불안한 마음에 이선우는 남는 것을 택했다. 이기석은 그의 행동을 보면서도 말리지 않았다. 그리고 홀로 승강기를 타고 지상 5층을 눌렀다.

필시 1층에도 저들과 같은 사람들이 기다리고 있을 것을 알기에 더 위로 오르는 이기석이었다.

"예상대로군."

승강기가 1층을 막 지나쳐 갈 때, 승강기 유리문을 통해 1층에 몰려 있는 수많은 사람들이 보였다.

하지만 승강기기 1층에 멈추지 않고 바로 위로 올라가자 사람들은 승강기가 움직이는 방향대로 계단을 통해 위로 오르기 시작하였다.

퍽퍽퍽!

이선우는 몰려가는 사람들을 따라잡은 후, 뒤에서부터 차례대로 처리하면서 두 명의 실장 곁으로 빠르게 다가갔다.

"그만 뛰십시오! 이들을 잡고 다시 위로 가겠습니다!"

이선우의 목소리가 들리자 서강수와 박한슬이 뜀박질을 멈추고 뒤를 돌아보았다.

이미 이선우에 의해 거의 대부분의 사람들이 바닥에 나뒹굴고 있었다. 이선우는 곧 두 사람의 앞으로 섰다.

"괜찮으십니까?"

"쪽팔리는군요."

이선우의 물음에 서강수가 쓴웃음을 지으며 말했다. 그래도 자신들은 명색이 실장이었다. 이선우와 같은 사원들을 지휘하는 실장인 것이다.

한데 그런 직책을 가진 사람들이 공포감을 느껴 뒤로 도망치고, 오히려 일개 직원이 그들을 구한 것이었다.

"이기석 실장님은요?"

"위로 올라가셨습니다. 그러니 우리도 서둘러 이동해야 합니다."

박한슬의 질문에 이선우가 답한 뒤, 바로 뒤쪽에 있는 또 다른 승강기를 보며 움직였다.

"이 승강기는 차량용입니다."

이선우가 가리킨 것은 차량들을 이동시키는 승강기였다.

"어디까지 연결되어 있는지 아십니까?"

"회사 전체에 연결되어 있습니다. 그리고 회사 앞 공영 주차장과도 연결이 되어 있습니다."

잘된 일이었다. 일반적인 승강기는 회사 내에서만 이동이 가능하지만, 자동차용 승강기는 회사 앞 공영 주차장까지 연결되어 있다고 하니 바깥으로 빠져나갈 수 있는 길이 있다는 말이었다.

세 사람은 즉시 승강기에 탑승한 후, 공영 주차장으로 향하였다.

"이석호… 네가 이 세상을 가진 것이었나?"

한편, 이기석은 최고층에 도달한 뒤, 옥상에 올라 눈앞에 펼쳐진 세계를 보았다.

도시의 모든 것이 무너지고 파괴되어 있었다. 자신이 매일같이 보던 바로 그 동네지만, 전혀 달랐다.

그냥… 폐허였다.

이기석은 주위를 둘러보았다. 1층에서부터 좀비 같은 사람들이 올라서고 있으니 다시 내려갈 방법을 찾아야 했다.

"한 번 해보는 거지."

주변을 훑다가 발견한 것은 비상 탈출구였다. 옥상에서부터 지상 1층까지 연결된 통로인데, 아래로 내려갈 수 있도록 원통이 크게 원을 그리며 회사를 둘러싸고 있었다.

이기석은 통 안을 보았다. 그리고 다시 아래를 보았다, 다행히 통로의 끝부분에는 아무도 없었다.

사람들이 더 오르기 전에 이기석은 통로를 통해 아래로 내려갔다.

"이석호가 느껴집니다."

한편, 공영 주차장을 통해 외부로 나온 이선우는 곧바로 이석호의 기운을 찾아낼 수 있었다.

"정말입니까?"

박한슬이 물었다.

"네. 저쪽… 정확하게 저쪽에서 회사 방향을 보고 있습니다."

두 사람은 이선우가 가리키는 곳을 보았다. 그러자 정말 무너진 한 건물 위에서 이석호가 서서 회사를 바라보고 있는 모습이 보였다.

"여기서 저놈을 잡겠습니다."

서강수의 눈매가 변하였다. 그리고 서서히 움직이려 할 때, 이선우가 그의 손을 붙들었다.

"왜……?"

"이석호를 향해 일부러 다가갈 필요가 없을 것 같습니다. 그놈이 지금… 이곳으로 향했습니다."

퍽!

"……!!!"

이선우의 말이 끝나자마자 서강수는 강한 충격을 받으며 뒤로 밀려나 넘어졌다. 다행히 박한슬은 곧바로 뒤로 피하여 위기를 모면할 수 있었다. 이선우는 움직이지 않은 채 이석호와 함께 나란히 섰다.

이선우는 이석호의 약간 등 뒤의 대각선으로서 있는 상태였는데, 이석호는 등을 돌린 채로 말했다.

"대단하다. 넌 정말 대단해."

그는 조선 시대에서 보았던 것보다 더 강한 힘을 발휘하며 이선우를 노려보고 있었다.

"이곳으로 온 이유가 있다고 생각한다. 무엇인가?"

이선우는 당황하지 않았다. 그에게 차분한 어투로 이곳으로 온 이유를 물었다.

"이유? 이유가 있다고 생각하나?"

이석호가 다시 반문하였다.

"있을 것이다. 아니, 확실히 있다고 본다. 넌… 아주 오랫동안 시간의 틈을 이용하여 돌아다녔다. 수많은 곳을 보며, 또 수많은 것을 경험했을 것이다. 그리고 자신이 가장 강한 힘을 발휘할 수 있는 곳이 어딘지도 알아두었을 것이다. 그리고 그곳이 바로 지금 이곳이라 생각한다."

"하하하!"

이석호는 큰소리로 웃었다. 그리고 그 웃음소리는 회사의 1층으로 내려온 이기석의 귀에도 들렸다.

요란한 웃음소리에 이기석은 공영 주차장에서 서로 등을 진 채 서 있는 두 사람을 발견할 수 있었다.

"이석호와 이선우… 두 사람의 힘의 대결인가……."

그는 홀로 중얼거린 뒤, 곧바로 공영 주차장으로 움직이기 시작하였다.

"나를 먼저 버린 곳은 이 회사다. 난 이 회사에서 죽도록 일했다. 그리고 모든 임무를 성공했지. 하지만 회사는 나를 버렸다. 왜? 왜 버렸을까?"

이석호는 천천히 몸을 돌려 이선우를 바라보며 질문하였다.

이선우도 곧 몸을 돌려 그를 마주하고 섰다.

"이유야 있을 테지만, 그 이유가 너에게는 타당하지 않다고 여겨졌겠군."

"그래, 바로 그것이다. 난 내가 왜 버려졌는지 모른다. 이 회사를 위해… 과거와 미래를 사는 사람들을 위해 일했다. 사랑하는 가족을 지키기 위해서라도 난 열심히 일해야 했다. 그런데… 그런데 어느 날 회사는 나를 소환시키지 않았다."

이석호의 눈빛이 점점 변해갔다. 처음엔 붉게 변하더니, 이내 검은색을 가미하며 더욱더 검붉은 색으로 변해가는 것이었다.

"난… 너를 따라다녔다. 왜? 왜 그런지 아는가?"

이석호는 이제 완전히 검붉게 변한 눈으로 이선우를 노려보며 물었다.

"넌… 나와 너무나 닮았다. 모든 것이 닮았다. 임무의 해결 능력은 물론, 급속도로 성장하는 능력, 그리고 가족을 생각하는 마음. 넌 나와 같은 길을 그대로 걷고 있는 것 같았다."

"아니. 난 네가 걸었던 길을 걷고 있지 않다. 난… 아직도 이 회사의 직원이며, 임무를 완수하기 위하여 노력 중이다. 그리고 무엇보다 가족을 생각하고 있다."

이선우는 그의 말이 끝나자마자 자신과 다르다는 것을

주장했다.

"하하하!"

그는 큰 소리로 웃었다.

그사이 공영 주차장에 도착한 이기석이 박한슬의 옆에 서며 두 사람을 보았다.

"서강수 실장은?"

"저기……."

서강수가 보이지 않아 물었는데, 박한슬은 이선우와 이석호에게서 시선을 떼지 않은 채 손가락으로 그의 위치를 말해주었다.

"제길……."

서강수도 단 한 방이었다. 이로써 민석훈에 이어 서강수마저 죽음을 맞이하였다.

이기석은 표정을 찌푸리며 이석호를 보았다.

"저기 저 양반, 상층을 다스리는 실장 중 가장 뛰어난 실장이라 할 수 있는 이기석 실장이지. 그는 지상 4층을 관장하는 실장이지만, 실질적으로 지상의 모든 층을 다 휘어잡고 있다고 보면 된다. 그렇지 않은가, 이기석?"

이석호는 이기석을 보며 말했다. 그에 따라 이선우의 시선도 자연스레 이기석에게 돌아갔다.

"무슨 말을 하려는 것인가?"

"아아, 아무런 말도 하지 않는다. 그냥 그렇다는 말을 한 것이다. 너의 권력이 회사 내에서 어느 정도의 위치에 있는지, 이 신참 내기 신입 사원에게 알려주고 있는 것뿐이다."

이석호는 여유가 있었다. 그가 보여주는 행동과 목소리 모두. 조선 시대에서 이선우에 의해 상처입고 도망칠 때와는 전혀 다른 모습을 보여주는 그였다.

"이선우, 내가 너를 따라다닌 이유, 그중 가장 큰 이유는 너도 나처럼 버림받을 것을 알기에 그전에 이 회사의 실체를 너에게 알려주려 한 것이다."

"……."

의외의 말을 들었음에도 이선우는 전혀 놀라지 않았다. 하지만 반대로 이기석은 잠시 잠깐 놀란 눈빛을 하였다. 박한슬만이 지금 이석호가 하는 말이 무슨 의미인지 도저히 알지 못하는 눈치였다.

"왜 질문이 없는가? 내가 하는 말을 듣고 나면 분명히 하고자 하는 질문이 있을 것이다. 그런데 왜 입을 닫고 있는가?"

이석호가 이선우에게로 다시 시선을 돌리며 물었다.

"묻고 싶은 것은 많다. 하지만 너에게 묻지는 않을 것이다. 답을 듣고자 하는 사람은 따로 있으니 말이야."

이선우는 이기석을 보았다. 이기석은 그 눈빛을 보며 잠시 눈동자를 떨었다.

"실장님, 지금 이석호와 이선우 씨가 하는 말이 대체 무슨 뜻입니까? 도통 알 수가 없습니다."

박한슬은 아무것도 모르겠다는 듯 이기석에게 물었다. 하지만 이기석은 아무런 답을 하지 않은 채 두 손을 꽉 움켜쥘 뿐이었다.

"돌아가자. 현실 세계로 돌아가 다시 말하자. 넌 버림받았다고 하지만, 네가 저지른 일은 일체 말하지 않았다! 왜 그런 말은 빼놓고……."

"시끄러!"

이기석이 반문하자 그 말이 끝나기도 전에 이석호가 두 눈을 부릅뜨며 소리쳤다.

"내가 한 일? 그래, 난 참으로 많은 악행을 저질렀다. 사람도 죽였다! 과거와 미래를 오가며 많은 사람을 죽였다! 그런데… 왜 그랬을까? 내가 왜 그랬을까는 생각해 보았나?"

이석호는 이기석을 노려보며 다시 물었다.

"의뢰를 받아 네가 있는 곳으로 우리를 부르기 위해서……."

"빙고."

그 물음에 대한 답은 이선우가 대신 하였다. 이석호는 과거와 미래를 오가며 많은 사고를 쳤다. 그리고 사람을 죽였다. 하지만 그 이유가 나름대로 있다는 핑계를 말했다.

"그 어떤 이유에서라도 사람을 죽이는 것은 죄다. 넌 그 죗값을 받아야 한다."

"그래그래. 그런 교과서적인 말을 하는 것도… 나와 똑같다. 내가 장담한다. 넌! 나처럼 버림받을 것이다!"

이석호는 이선우를 향해 큰소리쳤다. 하지만 이선우는 미동도 없이 그의 검붉은 눈만을 바라보았다.

"마태호가 이 일을 꾸민 것은 참 잘한 일이다. 모두가 그를 미친놈 취급하지만, 마태호의 결정은 옳았다. 이런 회사는 존재하면 안 된다. 모두 무너져서 없어져야 한다. 과거는 과거대로 지나갔으니 그대로 두어야 한다. 또 미래는 아직 겪어보지 않았으니 궁금증과 기대감을 가지고 기다려야 한다. 그것이 원칙이다."

이석호가 불쑥 마태호에 대한 이야기를 꺼냈다. 모두가 마태호의 역모를 말했다. 하지만 그 어떤 시대에서도 역모는 그 나름대로 이유가 분명히 있었다.

지금도 그런 이유가 있다는 말이었다. 이 회사를 무너뜨려야 하는 이유.

"마태호는 지금 현재의 시대에서 회사를 장악했다. 그것은 알고 있는가?"

"회사를 장악해? 하하하! 그런 무능력한 부장이 회사를 장악한다는 것이 우습군. 그 정도로 회사에서는 인재가 없다는 것이다."

이기석과 이선우는 그 말을 듣고 조금은 의아한 눈을 한 채 그를 바라보았다.

이석호는 마태호가 역모를 꾀한 것이 잘한 것이라 하였다. 하지만 불과 그 말을 한 지 1분도 지나지 않은 상황에서 마태호가 회사를 장악했다는 이기석의 말에 웃으며 반문했다.

"어떤 쪽이 정답인가?"

이선우가 그를 보며 물었다. 마태호가 역모를 꾀한 것이 정답인지, 아니면 그를 조종하는 누군가가 있는 것이 정답인지를 묻는 질문이었다.

"글쎄다? 어떤 쪽이 정답일까? 마태호 같은 무능력자가 이 거대하고 위대한 회사를 장악할 수 있을까? 나 개인적인 생각으로는 절대 무리라고 본다. 하지만 이 모든 것을 장악할 수 있는 더 높은 사람이 있다면, 충분히 그 머저리 같은 마태호를 앞세워 잘 포장하여 일을 진행하지 않았을까?"

이석호는 이선우를 보며 말을 빙빙 돌리면서 다시 물었다.

"정답을 알고 있는 사람이 곁에 있을 것이다. 그 사람들을 잘 족쳐 봐라. 그리고… 한 가지 힌트를 주자면, 지금 이곳은 2211년의 서울이지만, 이 도시가 이렇게 변한 것은 2016년이다. 즉, 그 어떤 변수를 막지 못한다면 지금 보는 이곳의 현실을 내년에 직접 경험할 수 있을 것이다."

"……!!!"

지금까지 이석호의 말에 단 한 번도 반응하지 않던 이선우의 눈동자가 커지며 흔들거렸다.

"무슨… 말인가? 이 모습이 2016년의 서울이라고……?"

"그래. 믿기 힘든가? 하지만 믿어라. 난 이미 그 시대까지 살아보았고, 또 그보다 지난 미래도 다녀왔으며, 또 그보다 더 힘들었던 과거도 경험했다. 잘 생각해라, 이선우."

충격적인 이야기를 듣고 혼란에 빠진 이선우. 그런 이선우의 눈동자를 보며 이석호는 희열을 느꼈다.

퍽!

그런 후, 멍하니 서 있는 그의 뒷덜미를 후려쳐 기절시켰다.

"이선우 씨!"

갑작스런 사태에 놀란 박한슬이 이선우를 큰 소리로 불렀다.

"걱정하지 마라. 이선우는 죽이지 않는다. 왜냐고? 이 세상을 뒤엎어 버려야 하거든."

이석호는 멍하니 서 있는 이기석과 박한슬을 보며 정말 비열하고 악랄한 미소와 함께 말했다.

"너희 두 사람과 이선우는 다시 돌려보내 주겠다. 그러니 잘 생각해서 판단해라. 정말로 잡아야 할 놈이 누군지 말이야."

슈우욱!

이석호는 이를 꽉 깨물며 말한 뒤, 곧 이선우의 바로 옆에 둥근 원형의 홀을 점차 크게 만들기 시작하였다.

"시간의 틈이다. 내가 유일하게 이 삶에 만족하게 만드는 기술이지. 내가 시간의 틈을 열었으니, 너희를 이곳으로 보낸 사무실에서 위치를 찾을 것이다. 그럼 소환되는 것이니, 이곳에서 죽을 걱정은 없을 것이다."

"이석호!"

이석호의 말이 끝나기 무섭게 이기석이 그를 크게 불렀다.

"도망치지 마라! 네가 한 말이 진실이라면, 그 진실을 밝히고 억울한 누명을 벗어라! 그것이……."

"입 다물어. 내 누명은 분명 내가 벗긴다. 하지만 지금은 아니야. 지금은 내가 더욱더 악랄하게 과거와 미래를 더 엎어놓아야 하니 말이야. 하하하!"

이석호는 큰 소리로 웃으며 자신이 먼저 시간의 틈을 이용하여 사라졌다.

"실장님, 시간의 틈이 열렸습니다!"

"어서 직원들을 위치를 파악하고 소환해!"

"네, 알겠습니다!"

시간의 틈이 열리자마자 박 팀장은 이선우 일행의 위치를 찾았다. 50층의 실장은 곧바로 명령을 내리고는 초조한 마음으로 LED 위를 바라보았다.

팟팟팟!

팟팟!

곧 세 번의 번쩍거림과 함께, 다시 연이어 두 번의 번쩍거림이 일어났다.

"……."

사무실에 있던 모든 사람들이 LED 위를 보았다. 그러고는 눈을 돌리며 아무런 말을 하지 못하였다.

세 번의 번쩍거림은 이선우와 이기석, 박한슬이었다. 하지만 다른 LED 위에서 발생한 두 번의 번쩍거림은 이미 시체가 되어버린 민석훈과 서강수의 모습이었다.

"시신을 안치해."

50층의 실장은 나지막한 목소리로 말한 뒤, 살아 있는 세 사람의 곁으로 다가갔다.

"이선우 씨는……."

이선우가 죽은 시체들과 함께 소환되지 않은 것을 보면서 그가 살아 있는 것을 알아차린 실장은 나지막한 목소리로 물었다.

"기절한 것입니다."

그리고 그런 실장의 물음에 대해 박한슬이 답했다.

"이선우 씨를 치료해 주게."

"네, 실장님."

평소답지 않은 실장의 모습이었다. 그는 이선우를 끔찍하게도 아꼈다. 그런 소중한 직원이 기절하여 왔으니 당연히 놀란 눈을 한 채 맞이할 것이라 생각했다.

하지만 평범했다. 이혜령과 설서빈, 장태광이 상처 입고 왔을 때보다 더 평범하게 이선우를 맞이하였다.

"어떻게 된 일입니까? 민석훈 실장과 서강수 실장은 왜……."

"이석호가… 많은 것을 알고 있습니다. 이 회사의 숨겨진 부분까지도 알고 있으며, 마태호는 그저 허수아비란 말까지 하였습니다."

"……."

50층의 실장은 이기석에게 물었다. 이기석은 LED 위에서 내려와 의자에 앉으며 그의 질문에 답했다. 그러자 실장은 아무런 말없이 고개를 살짝 숙였다.

"저는 이석호가 한 말을 이해할 수 없습니다. 무슨 말들입니까? 지금 이 상황이 대체 어떻게 돌아가고 있는 것입니까?"

박한슬은 이선우가 치료실로 옮겨지는 것을 보고 온 뒤, 곧바로 두 명의 실장을 번갈아 보며 물었다.

하지만 어느 누구도 그녀에게 답을 주지 않았다.

"부장님, 이석호가 시간의 틈을 자주 열고 있습니다. 무슨 꿍꿍이가 있는 것이 아닐까요?"

한편, 민태석은 계속하여 열리고 있는 시간의 틈을 확인하며 마태호에게 보고하였다.

마태호는 그 시간의 틈들을 보며 인상을 찌푸렸다.

"이석호의 생각이 무엇인지는 모른다. 하지만 신경 쓰지 마라. 어차피 모든 것은 이제 끝났다. 다 내가 원하는

대로 이루어지고 있다!"

민태석은 예민하게 반응하였지만, 마태호는 그리 신중하게 받아들이지 않았다. 그저 두 팔을 벌려 만세를 부르듯 소리친 뒤, 시원한 캔 맥주를 꺼내 마시기 시작하였다.

마태호와 함께 중앙 통제실에 있는 모든 직원들이 그를 보았다. 단 한 명도 그를 곱게 보는 이가 없었다.

"실장님, 이석호가 시간의 틈을 다시 열었습니다."

"어딘가?"

이기석과 50층의 실장이 뭔가 골똘히 생각하고 있을 때, 박 팀장이 보고를 해왔다.

곧 두 사람 모두 중앙 컴퓨터 앞으로 다가와 화면을 보았다.

"조선 시대입니다."

"조선 시대?"

"네. 그것도 조금 전, 이선우 씨와 일전을 벌였던 바로 그 장소입니다. 하지만… 시간은 조금 더 당겨진 상황입니다."

"시간을 앞당겨서 그곳으로 다시 갔다? 대체 무슨 생각을 하고 있는 것인가……."

생각을 거듭해도 그가 무슨 뜻으로 그런 행동을 하는지

도통 알 수가 없었다.

"제가… 다시 가겠습니다."

그러던 중 의식을 되찾은 이선우가 몸을 일으키며 말했다.

"그건 안 됩니다. 이선우 씨는 아직……."

"그가 그곳으로 간 것은 나에게 메시지를 준 것과 같습니다. 자신이 있는 곳으로 오라는 메시지. 그리고 그 순간을 다시 보라는 메시지… 바로 그것일 것입니다."

이선우의 말을 듣고 두 실장은 눈을 마주쳤다.

그러더니 박한슬이 이선우의 옆으로 서며 말했다.

"제가 함께 가겠습니다."

"괜찮겠는가?"

이기석이 물었다.

"네, 괜찮습니다. 같이 가서 확인하도록 하겠습니다."

박한슬은 당찬 각오가 담긴 표정으로 말했다.

그러자 이기석은 곧 50층의 실장을 보며 고개를 끄덕거렸고, 그가 박 팀장에게 신호를 주었다.

"LED 위로 서십시오. 이석호가 있는 곳으로 보내드리겠습니다."

두 사람은 곧장 LED 위로 섰다. 이선우는 아직도 이석호에게 맞은 통증이 있어 뒷목을 잡고 있었고, 박한슬이 그를 부축하였다.

팟!

그리고 이내 LED 위에서 두 사람의 모습이 사라졌다.

"이선우… 무엇을 생각하고 있는 것 같습니까?"

두 사람이 사라지자마자 이기석은 50층의 실장에게 물었다. 옆에 있는 박 팀장의 눈동자가 희미하게 떨렸다.

"그 사람의 머릿속을 열어볼 수 없으니 그가 무슨 생각을 하는지 알 수 있겠습니까? 다만… 결론이 어떻게 나올지가 궁금할 따름입니다."

50층의 실장은 두 사람이 사라진 LED를 보며 그의 질문에 답했다. 그리고 박 팀장의 눈동자는 점차 더 빠르게 흔들리고 있었다.

"이곳은……."

이선우는 다시 조선 시대로 왔다. 도착한 곳은 어느 산 꼭대기의 바위 위였다.

"어느 시간대인지 아시겠습니까?"

박한슬이 그에게 물었다.

"네. 제가 이석호를 잡으러 가기 직전이며, 저기 저곳에서 이석호가 나를 기다리듯 서 있었습니다."

이선우가 어느 한곳을 가리켰다. 그에 박한슬의 시선이

돌아가자 그곳에는 정말 이석호가 산꼭대기를 향해 서 있는 모습이 보였다.

"기다리고 있군요."

박한슬이 말했다.

"네, 기다리고 있습니다. 하지만… 몇 시간 전에 나를 기다리던 그때의 이석호가 아닐 것입니다. 그는 지금 2211년에서 나를 만나고 온 이석호일 것입니다."

이선우는 산을 내려가며 말했다. 그러다 걸음을 멈춰 섰다.

"이상합니다."

"뭐가… 말입니까?"

이선우는 그 자리에 서서 주변을 둘러보았다. 그런 뒤, 다시 이석호의 주변을 둘러보았다.

박한슬은 그의 행동을 이해하지 못하여 물었다.

"시간을 조금 앞당겨서 나를 부른 것이라면, 지금 여기에 또 다른 내가 있어야 합니다. 그런데… 어디에도 없습니다."

"……."

박한슬도 이선우의 말을 들은 후에야 의아해하며 주변을 둘러보았다. 그녀도 이곳에 오기 전, 시간을 조금 앞당긴 과거라는 말을 들었다. 그럼 이선우의 말처럼 이곳에 또 다른 그가 있어야 정상이었다.

"그렇군요. 정말 당신이 보이지 않습니다."

어디에도 없었다.

"모두가 잘못 알고 있는 것 같습니다. 이석호는 시간을 앞 당겨 과거로 온 것이 아니라, 완전 다른 과거로 나를 잡아당겼습니다."

그렇게 생각할 수밖에 없었다. 완전 다른 세계의 시대라면 지금의 상황도 이해가 갔다. 동시간대에 시간만 앞 당긴 것이라면 모순이 많았다.

"불길하군요. 다시 현재로 돌아가서……."

"아닙니다. 이석호를 만나보면 더 빠르게 풀릴 문제입니다. 굳이 현재와 과거를 오가며 시간을 낭비할 필요는 없습니다."

이선우는 망설이지 않았다. 그대로 천천히 걸어 이석호에게로 움직였다.

"왜? 빠른 걸음으로 걷지 않습니까?"

평소의 그라면 바람처럼 이동하여 이석호의 앞에 섰을 것이라 여겨서 물었다.

하지만 이선우는 천천히 걷는 이유에 대한 답을 하지 않았다.

아니, 미령을 구하기 위하여 천천히 걷는다는 답을 하

기 싫었다.

"여유 있구나."

앞서의 과거에서 30초 만에 도착했던 것과는 달리, 지금은 약 15분이 걸려서야 그의 앞에 섰다.

이석호는 기다리기가 지루했던 듯, 담벼락에 기대 풀피리를 물고 서서 그를 반겼다.

"조금 전의 과거를 되풀이하기 싫어서 그런 행동을 한 것인가?"

과연 이석호는 예리했다. 그는 이선우가 왜 그런 행동을 했는지 단번에 알아차리고는 물었다.

"사사로운 잡담은 그만하지. 네가 나에게 하고픈 말이 있을 것이라 생각한다. 그래서 나에게 다시 기회를 준 것이고, 이곳으로 부른 것이라 생각한다."

이선우는 그의 질문에 답하지 않은 채 단도직입적으로 물었다.

"그래, 맞다. 난 너에게 조금 전 네가 보지 못한 것을 보게 해주기 위하여 이곳으로 불렀다. 그리고… 이쪽으로 와라."

이석호는 담벼락에서 몸을 떼 길거리 한쪽으로 만들어진 정자 위로 오르며 말했다.

이선우가 가만히 뒤를 따르려 하자 박한슬은 그의 손을

잡았다.

"함정이 있을 수도 있습니다."

"알고 있습니다. 하지만 그 함정이 무엇인지 알려면 녀석을 따라가야 합니다."

이선우는 박한슬이 무엇을 걱정하는지 알 수 있었다. 하지만 걱정 말라는 듯 그녀를 향해 미소로 답한 뒤, 곧바로 이석호가 있는 곳으로 향했다.

일이 그렇게 되자 박한슬도 어쩔 수 없었다. 그녀는 주변을 경계하며 이선우의 뒤를 따라 이석호가 있는 곳으로 향했다.

"왜 이곳으로 부른 것인가?"

정자 위에 오르자마자 이선우가 물었다.

"급하긴. 잠시만 기다려라. 너에게 아주 좋은 구경거리가 있어서 부른 것이다. 그리고 박 실장도 잘 보시구려. 당신의 눈이 아주 휘둥그레질 테니 말입니다."

이석호는 박한슬에게도 말했다. 그녀는 이석호가 자신의 이름을 알고 부르는 것만으로도 온몸에 소름이 돋는 듯하였다.

약 30분이 지나는 동안 아무런 일도 일어나지 않았다.

"대체 무엇을……."

"쉿! 이제 아주 좋은 구경거리가 벌어질 것이니, 두 눈

크게 뜨고 지켜보시게."

이석호는 이선우의 말을 자르며 어느 한쪽을 뚫어지게
쳐다보았다. 말문이 막힌 두 사람도 어쩔 수 없이 이석호
가 보는 방향으로 시선을 돌렸다.

"……!!!"

바로 그때, 응시하던 곳에서 또 다른 이석호가 나타나
주변을 두리번거리는 것이 보였다.

이선우와 박한슬은 놀란 눈으로 지금 자신들의 옆에 있
는 이석호를 보았다.

"놀라기는. 시간을 앞당긴 것은 사실이다. 하지만 그
시간에도 있을 틈을 이용하여 사건이 일어나는 시기를 늦
춘 것뿐이다."

"……!!!"

또다시 놀랐다. 이석호는 지금 이선우가 생각하는 모든
것을 다 알고 있었다. 미령을 구하기 위하여 시간을 늦추
리라는 것과 주변 상황을 다시 정리하기 위하여 신중하게
행동할 것을 모두 알고 있었다.

그리고 50층의 실장과 이기석이 생각했던, 약간의 시
간만 앞당긴 계획에서 시간의 틈을 이용하여 사건이 일어
나는 시기를 다시 자신이 원하는 시간대로 맞춰놓는 힘을
발휘했다.

이선우는 정녕 놀라지 않을 수 없었다. 시간의 틈을 자유자재로 이용하는 것은 분명 놀라운 능력이었다. 하지만 이미 일어나고 있는, 또는 일어날 일의 시간대까지 자유자재로 변경할 수 있는 능력을 보여주니 놀라는 것은 당연하였다.

"이석호!"

이선우가 놀란 눈으로 그를 보고 있을 때, 또 다른 이선우의 외침이 그제야 들려왔다.

"선우 씨입니다."

박한슬의 눈동자가 떨렸다. 그녀는 이 모든 것이 너무나 신기하였다. 현실적으로 벌어질 수 없는 일이 지금 자신의 눈앞에서 일어나고 있는 중이었다.

"미령 아가씨……."

그리고 미령이 보였다. 이석호의 말대로 정말 사건이 일어나는 시간대를 자유롭게 변경한 것이다. 하지만 사건의 내용은 모두 같아 보였다.

"잘 봐라… 네가 놓친 것이 무엇인지."

이석호는 이선우에게 다시 말했다. 하지만 이선우의 눈빛은 아주 매섭게 변하여 이석호만을 뚫어지게 노려보고 있었다.

퍽!

"⋯⋯!!!"

이윽고 이선우가 이석호를 가격하는 일이 일어났다. 그리고 그 순간, 이선우의 눈동자가 커지며 아주 심하게 흔들렸다.

"보았는가?"

이석호가 물었다. 이선우는 아무런 답을 하지 못한 채 그냥 그 자리에 서서 떨고만 있었다.

옆에 있는 박한슬은 지금 두 사람이 무엇 때문에 이런 대화를 하는지 알 수 없었다.

"어째서⋯⋯."

이선우는 믿을 수 없는 눈빛으로 홀로 중얼거렸다.

"이제는⋯ 박 실장님이 두 눈을 부릅뜨고 저곳을 봐야 할 때입니다."

이석호가 이번에는 아무것도 모르겠다는 듯 제대로 보지 못하고 있는 박한슬에게 말했다.

그러자 박한슬은 이선우가 미령을 안고 있는 모습을 보았다.

"⋯⋯!!!"

그리고 이내 그녀도 놀란 눈을 한 채 눈동자를 떨었다.

"어떻게 이런 일이⋯⋯."

"놀랍지 않아? 비록 서로 놀라는 부분이 다르긴 하지

만, 뜻은 같다."

박한슬이 놀란 눈을 깜빡거리지도 못하고 있을 때, 이석호가 이선우와 박한슬의 사이로 들어와 서며 말했다.

"이선우는 미령의 등에 꽂힌 단검의 주인을 보며 놀랐고, 또 박 실장은 미령을 돕는답시고 헐레벌떡 달려온 별감을 보고 놀랐고. 내 말이 맞는가?"

두 사람 모두 서로를 바라본 뒤, 이석호를 보았다.

이석호는 입가에 미소를 지으며 두 사람의 시선을 자연스레 받아냈다.

"난 이곳에 이선우와 함께 박 실장이 올 것을 미리 알고 있었다. 시간의 틈을 이용하여 이 순간을 보았기 때문이지."

이석호의 능력은 정말 범접할 수 없을 정도였다. 이선우는 놀란 눈을 진정시키며 이석호를 보았다. 박한슬도 놀란 눈을 진정시켰다.

"두 사람이 공통적으로 본 저 별감… 누군지 아시는가?"

이석호가 이선우에게 물었다.

박 실장이야 당연히 알고 있는 눈치였다.

"별감은 누구지?"

이선우는 이를 꽉 깨물며 물었다. 단지 미령의 등에 단검을 꽂은 사람이 이석호가 아니라 별감이라는 것을 눈으로 보고 난 뒤에 한껏 화가 치민 상태였다.

"그 답은 우리 박 실장께서 하셔야 될 것 같습니다."

이석호는 화살을 박 실장에게 돌렸다.

그에 이선우는 박한슬을 보았다.

어쩔 줄 몰라 하는 그녀는 이선우를 한 번 보고는 다시 별감을 보았다.

"저놈은 누구입니까?"

이선우가 다시 물었다.

"경영…기획실장."

"……!!!"

이선우의 눈동자가 눈 밖으로 튀어나올 지경이 되었다. 회장과 함께 미래와 과거의 어딘가를 돌고 있다고 하던 그 경영기획실장이 별감이라는 말이었다.

"어떻게… 어떻게 된 일입니까? 경영기획실장이 왜?!"

이선우는 화를 참지 못하고 소리쳤다.

"그건 나도 모르겠습니다. 왜… 왜 실장님이 여기에…….

이선우보다 더 놀란 사람은 박한슬이었다. 그녀는 이 모든 사태를 종료시킬 유일한 권력자로 경영기획실장을 기대하고 있었다. 하지만 지금… 그가 작금의 사태를 만들고 있는 사람 중 한 사람이라는 것이 증명되는 순간이었다.

"그리고 저 박만돌… 저 사람은 내가 정말 대단하다고 인정하고 싶은 사람입니다. 이 시대에 태어났으니 저 정도지, 만약 우리가 살고 있는 시대에 태어났으면 한 나라를 통치하고도 남을 만큼 위대한 사람입니다."

곧 박만돌이 미령을 안고 의원으로 향했고, 그 장면을 보며 이석호가 말했다.

"그래도 걱정하지 마십시오. 미령은 죽지 않습니다. 저 시대에도, 또 과거에도, 미래에도, 그녀는 죽지 않고 잘살고 있습니다."

이석호는 이내 정자에서 내려와 걸음을 옮겼다.

"이석호, 어디를 가는 것인가?"

이선우는 그를 이대로 그냥 보낼 수가 없었다. 이 모든 것에 대한 내막을 다 듣고 싶었다.

"따라와라. 이런 이야기를 하는데 술 한잔이 빠지면 되겠는가. 단지 내가 지금 여기에서는 지명 수배범이라 운신이 자유로운 곳에 가서 마시려 한다."

이석호는 마을을 벗어나며 말했고, 이선우와 박한슬은 그에게 자세한 내막을 듣고자 그의 뒤를 따라 움직였다.

"어떻게 되었습니까? 이석호를 만났습니까?"

한편, 이기석은 50층의 실장에게 과거의 일에 대해 물었다. 하지만 그는 아무런 답도 하지 않은 채 자신의 손에 들린 휴대전화를 바라볼 뿐이었다.

"말씀 좀 해보십시오."

답답한 마음에 이기석이 다시 물었다.

"만난 것 같지만, 자세한 것은 모르겠습니다."

"무슨 말입니까?"

"지금… 이선우 씨와 박 실장의 위치가 처음 보내진 곳에서 사라졌습니다."

"……!!!"

실장의 말에 이기석이 놀란 눈으로 중앙 모니터를 보았다. 정말 두 사람의 모든 기운이 깔끔하게 사라져 버린 상황이었다.

"어떻게 된 일입니까? 이런 일이 가능합니까?"

실장은 그에게 물었다. 지상 4층을 관장하는 실장이 지하 50층의 말단 신입 사원을 기르는 실장에게 꼬박꼬박 묻고 있었다.

"가능합니다."

그리고 그 답은 실장이 아닌 박 팀장이 하였다.

"시간의 틈. 아마도 두 사람은 이석호가 다시 열어놓은 시간의 틈을 이용하여 움직인 것이라 생각됩니다."

"그를 잡기 위해 쫓은 것입니까?"

"아닙니다. 잡으려는 기운은 전혀 느껴지지 않았습니다. 아무래도 뭔가 대화를 나눈 것 같은데, 그 대화 내용은 알 수가 없습니다. 그리고 이선우 씨와 박 실장님이 자발적으로 이석호가 만든 시간의 틈으로 들어간 것 같습니다."

"뭐라고요!"

이기석은 놀라는 한편, 화가 나 소리쳤다. 이석호를 잡아 오도록 보냈더니, 오히려 이석호의 말에 넘어가 그를 따라 움직이고 있다는 말처럼 들린 탓이었다.

"나를 그곳으로 보내주십시오. 아무래도 이석호가 두 사람을 현혹하고 있는 것 같습니다."

"이미… 시간의 틈은 닫혔습니다. 두 사람이 어디로 이동했는지 알 수 없습니다."

"쳇!"

이기석은 분한 마음에 발을 동동 굴렀지만, 이미 무언가 조치를 취하기엔 늦어버린 뒤였다. 결국 그는 의자를 걷어차며 신경질적인 반응을 보였다.

"이곳은……."

"집에 다녀와라. 그리고 해가 지면 저녁때 술 한잔하
자. 박 실장님도 집에 다녀오십시오. 여러모로 두 사람에
게 할 이야기가 많습니다."

이석호가 두 사람을 데리고 온 곳은 다름 아닌 자신들
이 살고 있는 바로 현재의 세계였다.

이석호는 두 사람에게 집에 들러 가족을 만난 후, 다시
만나자는 말을 하였다.

이선우는 눈동자를 떨며 이석호를 보았다.

박한슬도 지금의 상황을 이해하기 힘들었다.

무엇보다도 자신들이 원하는 곳으로 왔다. 이석호가 현
재의 시간으로만 간다면 그곳에서 마태호를 잡고 회사를
바로잡을 수 있을 것이라는 계획을 세우고 실천으로 옮겼
었다.

그리고 지금. 그렇게나 바라던 현재로 온 것이다. 하지
만 이선우는 물론이고, 박 실장도 계획대로 움직이려 하
지 않았다.

"정확히 한 시간 후에 이곳에서 다시 뵙도록 하지요."

이석호는 박 실장에게 정중하게 인사하며 말한 뒤, 이
선우를 보며 손을 흔들었다. 그러더니 그는 어디인가를
향하여 걷기 시작하였다.

둘만 남게 된 이선우가 박한슬을 보며 말했다.

"지금의 상황을 어떻게 받아들여야 할지 모르겠습니다."

"저도… 마찬가지입니다. 하지만 이석호에 대한 궁금증이 너무 많습니다. 경영기획실장의 일도 그렇고… 일단 이석호가 말한 대로 한 시간 후에 이곳에서 다시 뵙죠."

박한슬은 이석호의 뜻대로 하기로 마음먹었다.

이선우도 가족을 볼 수 있다는 생각에 집으로 걸음을 움직였다.

"어머? 여보."

이선우는 집 앞에 멈춰 서 있었다. 초인종을 누르지 않은 채 서 있으려니 이내 문이 열리며 아내가 나왔다.

"여보, 잘 있었어?"

이윽고 이선우가 눈을 들어 아내를 보았다. 그토록 보고 싶어 하던 아내였다.

Episode 5

Chapter 5

아빠는
신입
사원

"출장은 잘 다녀오셨어요?"

아내는 이선우를 보며 가슴이 뛰는 듯 조금은 들뜬 목소리로 물었다.

"응, 잘 다녀왔어. 그런데 곧 나가봐야 해. 출장 다녀와서 회사로 가기 전에 집으로 먼저 왔거든. 그래서 다시 회사로 가봐야 해."

아내는 평소처럼 이선우에게 건넬 물을 가지러 가며 그의 말을 들었다.

"회사로 갔다가 업무 보고를 하면 아마 오늘 회식을 할 것 같아. 그래서 조금 늦을 것 같은데……."

"당신 몸만 건강하면 돼요. 아프지 않게 술도 적당히.

그리고 출장이 힘들었을 텐데, 너무 무리하지 마시고요."

"그래. 고마워, 여보."

아내의 목소리는 언제나 사랑스러웠다. 이선우는 지금까지 겪은 일들을 순식간에 다 잊을 정도로 정겨운 아내의 목소리에 모든 시름이 다 씻겨 나가는 느낌이었다.

그런 내심을 알아차린 것일까? 아내는 아무런 말 없이 이선우의 앞에 앉아서 그의 얼굴을 바라보았다.

"내 얼굴에 뭐가 묻었어?"

"아니요. 이틀 동안 못 봤더니 그새 당신 얼굴을 잊을 것 같아서요. 그래서 다시 기억해 두려고 보고 있는 거예요."

"당신도 참……."

이선우는 아내의 말을 듣고 미소를 지었다.

아내도 미소를 지으며 그를 보았다.

그렇게 두 사람은 식탁에 앉아 한동안 서로의 얼굴만을 바라보았다.

"나 가봐야겠어. 애들 오면 보고 가려 했는데, 시간을 맞춰야 해서 말이야."

"네, 알았어요. 지민이와 영민이 오면 말해줄게요."

"부탁해."

이선우는 자리에서 일어섰다. 정말 마음 같아서는 그냥

이곳에 쭉 앉아 있고 싶었다. 사랑하는 가족을 보며 안아주고, 또 안아주고 싶었다.

하지만 그럴 수는 없었다. 아직 해결해야 할 문제가 있었다. 그리고 아마도 이 임무가 자신의 마지막 임무가 될 것이라 생각됐다.

"다녀올게."

이선우는 몸을 일으켜 신발을 신고 아내를 보며 말했다. 아내는 이선우의 앞으로 다가와 말없이 안아주었다.

"조심히 잘 다녀와요."

아내의 목소리는 이선우의 마음을 한결 편안하게 해주었다.

이선우는 사랑스런 아내를 뒤로한 채 집을 나섰다.

아내는 아파트에서 그가 나서는 것을 계속하여 보고 있었다. 이선우가 고개를 들어 올리자 그를 향해 손을 흔들어주었다.

"눈물 나는군."

옆으로 이석호가 다가서며 말했다. 이선우는 약속 장소가 아닌, 집 앞에서 자신을 기다리고 있던 이석호를 보며 잠시 당황하였다. 하지만 이내 아내가 보고 있다는 생각에 평소처럼 행동하였다.

이석호는 이선우의 옆으로 다가서서는 아파트를 향해 몸을 돌린 후, 그의 아내를 향해 고개 숙여 인사하였다.

아내도 이석호의 인사에 고개 숙여 답하였다.

"참 아름답다."

이석호가 아내를 보며 말했다.

이선우는 그의 말에 새삼 다시 아내를 보았다.

아내는 밝게 미소를 짓고 있었다.

하지만 아내는 이선우의 얼굴 표정을 볼 수 없을 것이다. 그의 얼굴을 보기에는 거리가 너무 멀었다.

"여긴 약속 장소가 아니지 않은가?"

"그래, 아니지. 하지만 기다리다가 심심해서 올라와 봤다. 그 덕분에 정말 아름다운 여인을 보았으니, 발품을 판 대가로는 충분하다."

이석호는 진심이었다. 이선우의 아내가 자신의 눈에는 너무나 아름다운 여인으로 보였다.

"이제 박 실장이 오면……."

약속 장소에 도착한 이석호가 시계를 보며 말하고 있을 때, 마침 박한슬이 다가오고 있었다.

"시간들은 다들 제대로 맞추는군."

웃으며 말한 이석호는 두 사람을 데리고 어느 한적한

곳에 위치한 호프집으로 들어섰다.

"술 한잔하자고 했으니, 시원한 맥주를 마시는 것이 어떤가? 조선 시대의 탁주도 좋긴 하지만, 사실 난 맥주가 더 좋아서 말이야."

이석호는 처음 만났을 때와는 전혀 다른 사람처럼 보였다. 회사의 모든 사람들이 그를 악마와 같다고 하였다. 그리고 지금 벌어지고 있는 모든 사태의 열쇠를 쥐고 있는 인물이라 하였다.

하지만 그는 악마가 아니었다. 열쇠를 쥐고 있는 것은 맞지만, 모두가 생각하던 악마는 아니었다.

단지… 버림받은 이유가 타당하지 않다고 여겨 그에 대한 이유를 듣고자 시간의 틈을 이용하여 혼란을 준 것뿐이었다.

세 사람은 맥주잔을 들었다. 정말 반갑고 기분 좋게 건배하는 것은 아니지만, 시원하게 맥주를 들이켠 후에 이석호가 두 사람을 번갈아 보았다.

"이제… 이야기해도 되겠군."

이석호는 안주를 한 점 집어 먹은 후, 나지막한 목소리로 말했다. 두 사람은 그가 입을 열기를 기다리고 있었다.

"난 지금으로부터 정확하게 13년 전 이 회사에 입사했다."

그는 자신의 입사 연도부터 말하며 말문을 열었다.

"13년이라면 모두가 말하던 것과는 다르군. 내가 들은 정보는 넌 대체 몇 년을 살아서 만행을 저지르고 다니는지 아무도 모른다고 하였다."

"하하하!"

그가 내뱉은 첫말에 이선우가 자신이 들은 바에 대해 말하자 이석호는 큰 소리로 웃었다.

"이거, 미안하군. 하도 어이가 없어서 말이야. 누가 그런 말을 하던가? 이기석? 이장태? 그것도 아니면 회장? 아니다… 마태호가 말했을 수도 있겠군."

이석호는 우습다는 듯 몇 사람의 이름을 나열했다.

"모두가 그런 말을 했다. 하지만 회장과 경영기획실장에 대해서는 모른다. 난 그 사람들을 자세히 본 적도 없다. 단지 회장은 입사 초기에 잠시 악수를 나눈 것이 전부다."

이선우는 회장에 대해서 말했다.

"그 악수 한 번으로 너의 인생은 이미 회장의 손에 넘어간 것이다."

"무슨 뜻인가?"

이석호는 다시 맥주 한 모금을 마신 후, 잔을 내려놓고 말했다.

"모두가 말하는, 얼마나 살았는지 모르는 사람. 그 사람은 내가 아니라 바로 회장이다. 회장의 나이를 아는 사람은 없다. 그의 이름도 아는 사람이 없다. 그리고… 우리 회사에서 이름을 숨기고 있는 또 한 사람이 있지."

두 사람은 그 말에 회사 사람들의 얼굴을 떠올렸다. 모두가 이름을 말했었다. 나이도 대충 알 수 있었다.

"그런 사람이 누구인가?"

"나참, 이렇게 둔해서야. 너와 함께 그리 오랫동안 생활했는데, 그것도 모르는가?"

"……!!!"

그 한마디에 이석호가 말하는 사람이 누군지 알 수 있었다.

"50층의 실장?"

바로 50층의 실장이었다. 그는 자신의 이름을 단 한 번도 말한 적이 없었다. 그저 50층의 실장이라는 것 외에는 그를 부르는 어떤 이름도 없었다.

"그러고 보니 들은 기억이 없군. 이번에도 모두가 이름을 말했지만, 유독… 그 사람은 자신의 이름을 밝히지 않았다."

이선우는 그제야 뭔가 이상하다는 것을 떠올렸다. 이기석은 지상 4층 실장이며, 서강수가 지하 39층, 또 박한

슬이 지하 27층이다. 각기 층을 소개하고 이름도 말했었
다.

하지만 이석호의 말처럼 50층의 실장은 그냥 실장이었
다.

"그리고 또 한 가지가 있는데, 그것도 알지 못하더군."

이선우는 이석호의 입을 뚫어지게 쳐다보았다. 그는 아
직도 50층의 실장이 이름을 말했는지에 대해 생각하고
있었다.

지난날, 대공원에서 자신의 아들인 영민이 대신 납치되
었을 때, 경찰까지 출동하였으니 이름을 말하지 않았을
까 하고 기억을 떠올려 보았다.

하지만 그 당시에도 실장은 자신의 아들마저 아는 체하
지 않은 사람이었다.

"내 말 듣고 있는가?"

자신의 말에도 아무런 반응을 보이고 있지 않자 이석호
가 다시 물었다.

그제야 이선우의 시선이 이석호에게 향했다.

"무엇인가?"

"바로 자네가 처음 임무 때 만났던 벗. 그 사람의 이름
도 잘 못되었다. 그것도 의심하지 못했겠지."

"······!!!"

이선우는 뭐라 말할 수도 없을 만큼 놀라 눈을 크게 떴다. 아무리 자신이 바쁘게 살아왔다고 하여도 처음 임무 때 만난 사람의 이름을 잊을 수는 없었다.

"박만돌. 어떻게 그 사람의 이름을 잊을 수 있겠는가. 그런 말로 지금의 상황을……."

"네가 만난 그 조선 시대의 과거 시험자는 박만돌이 아니라 박세돌이었다. 그는 홍낙성의 산하로 들어가며, 오래 살 이름이 아니라는 이유로 홍낙성에 의해 박만돌이라 개명되어 불려졌다."

"……!!!"

그것 또한 처음 듣는 이야기였다. 자신의 기억 속에 박세돌이란 이름은 없었다. 하지만 이석호가 하는 말을 듣고 기억을 더듬고 또 더듬었다. 그리고 마침내 찾아냈다.

박세돌. 자신과 함께 한양으로 향하며 함께 웃고 즐기던 기억들이 다 떠오르고 있었다.

"어떻게 이런 일이 생길 수 있지?"

"내가 보여준 것을 잘 이해해라. 너희들이 하는 일은 모두 중앙 통제실이나 제어실에서 수정할 수 있고, 삭제할 수도 있다. 그리고 네가 나를 잡기 위하여 과거로 돌아가게 되면, 박세돌의 힘을 이용하라는 것을 이미 너의 머릿속에 주입시켜 둔 것이다."

이선우는 그의 말을 이해하기가 힘들었다. 회사에서 처음 교육 차원에서 맞은 주사 외에는 그 어떤 약물이나 주사를 맞은 기억이 없었다.

딱 한 번. 술이 취해서 돌아오는 바람에 술 깨는 약을 먹은 기억은 있었다. 하지만 겨우 그런 것으로 기억을 조절할 수 있다는 것은 불가능하다고 여겼다.

"불가능은… 이 회사에 존재하지 않는다. 적어도 이 회사가 하는 일에 대해서는 그 어떤 것도 가능하다. 나를 보며 모르겠는가?"

어렵게 생각할 것이 없었다. 이석호를 보며 바로 이해가 갔다. 그는 모든 일을 가능하게 만들었다. 그러니 기억을 조작하는 일 또한 충분히 가능할 것이라 여겨졌다.

"네가 그를 보며 박만돌이라 부른 것은 네가 그동안 그 세상에서 살아왔고 그에 관한 이야기를 들었다는 것을 그에게 보여주는 것으로, 그의 마음을 완전히 사로잡도록 한 것이다. 그래서 넌 박세돌을 보자마자 박만돌이라고 자연스럽게 말했다."

이선우는 자신이 며칠 전 박세돌과 만나 부른 이름을 기억해 냈다. 분명 박만돌이라고 하였다. 그의 이름이 그냥 박만돌이라 여긴 것이다.

박세돌 또한 개명된 이름을 불러주는 벗을 보며 그동안

아빠는
신입
사원

자신을 기억하고 있었다는 이유로 받아들였고, 그로 인하여 더욱 더 이선우를 믿고 도왔던 것이었다.

"자… 그럼 이제 본론으로 들어가 볼까?"

이석호는 맥주잔에 남은 맥주를 들이켜 비운 뒤, 다시 한 잔을 주문하였다. 그리고 두 사람을 번갈아 보며 말했다.

이선우는 지금 이석호가 하는 모든 말에 혼동을 느끼고 있었다. 그의 말이 진실인지, 아니면 이 또한 이석호가 만들어내는 또 다른 계략인지, 도저히 지금 현재로서는 알아내기가 힘들었다.

"너무 머리 굴리지 마라. 지금부터 머리 굴려야 할 일이 많다."

이석호는 이선우의 눈동자만 보고도 그가 머리 아프게 이것저것을 생각하고 있다는 것을 알아차렸다.

"박 실장님도 머리가 아픕니까?"

이석호는 이선우와 달리 조금은 편한 표정으로 자신을 보고 있는 박한슬을 보며 물었다.

"아닙니다. 복잡한 것 없습니다. 마저 말하십시오."

박한슬은 많은 것을 생각하려 들지 않았다. 그저 요점만을 찾아 듣고 그에 맞는 분석으로 그가 거짓을 말하는지, 아니면 진실을 말하는지를 알아보려 하였다.

"50층의 실장은 너에게 박세돌에 관한 정보를 최신 버전으로 수정하여 그 시대로 보냈다. 그리고 넌 한 점의 의심 없이 그 정보대로 움직였다. 여기까지는 내가 조금 전에 말했으니 넘어가고, 이제 다른 것을 말하지."

이석호가 두 사람 곁으로 조금 더 가까이 다가 앉으며 말했다.

"왜 그곳에 경영기획실장이 있었을까?"

그 부분이 바로 박한슬이 궁금해하던 부분이었다. 사실 이선우는 경영기획실장을 알지 못하기에 그가 그곳에 있는 이유에 대해서도 굳이 심각하게 받아들이지 않았다.

단지 그가 미령의 등에 단검을 꽂은 것에 대해서는 그 책임을 묻고자 하는 마음이 있었다.

"경영기획실장. 그의 이름은 이장태. 우습게도 그 시대에서 그대로 그 이름을 사용했는데, 왜 이혜령 실장이 그를 알아보지 못했을까? 의심이 생기지 않아?"

이석호가 무슨 생각으로 말하는 것인지는 모른다. 하지만 그의 말을 듣고 있자니 모든 게 의문투성이였다.

정말 누가 적이고, 누가 동지인지 알 수 없는 상황이 전개되고 있는 순간이었다.

"잘 생각하라고 했다. 정말 누가 진실을 말하고 있는지, 누가… 모두를 죽이려 하는지 말이야."

이석호는 그제야 가까이 들이밀었던 자신의 얼굴을 뒤로 물린 채 시원한 맥주를 다시 마시기 시작하였다.

이석호가 그냥 던진 말은 아닐 것이다. 하지만 그 말에는 너무나 많은 퍼즐이 숨어 있었다.

가장 먼저, 시간의 틈을 자유자재 이용하는 이석호가 지금까지 그 누구도 죽이지 않았을 수도 있다는 말이었다. 그는 같은 시간대로 다시 이동할 수 있지만, 그 시간대에 일어났던 일을 전혀 다른 방향으로 되돌려 놓을 수도 있는 능력을 가지고 있었다.

조금 전, 조선 시대에서도 그랬다. 분명 이선우와 박한슬이 도착했을 때는 이선우가 이석호를 보고 달려가고 있을 때였다.

하지만 결과는 전혀 달랐다. 한참 뒤에서나 이선우가 이석호를 향해 달려가는 장면이 연출되었다.

그리고 마음먹기에 따라 미령이 단검에 상처를 입는 일도 없도록 할 수 있는 능력이 그에게는 있었다.

단지 이장태가 미령의 등에 단검을 꽂았다는 것을 보여 주기 위하여 같은 사건을 시간만 변동시켜 놓은 것이었다.

그리고 또 하나의 의문은 50층의 실장이다. 모두가 이름을 말했다. 하지만 같이 움직이고 있는 지금도 그는 여전히 50층의 실장이라 불릴 뿐이었다.

또한 이선우에게 새로운 정보를 어떻게 주입시켰는지, 박세돌이 박만돌로 개명한 것까지 그대로 주입시켜 과거로 돌려보냈다.

마지막으로 이장태. 왜… 회장과 함께 업무를 보고 있어야 할 그가 이선우의 앞에 나타나 미령을 보호하는 척하면서 그녀를 해하려 했는지 이유를 알 수 없었다.

그 어떤 것보다 그가 왜 그곳에 있었는지가 가장 궁금한 상황이었다.

"머리 아프지? 아플 테지. 무조건 상부에서 시키는 일만 하던 너희들인데… 아, 죄송합니다. 박 실장님은 실장이라 조금 더 아실 것이라 생각했는데… 뭐, 이선우 씨보다 더 못하네요. 하하……."

이석호는 두 사람이 아무런 말 없이 뭔가 골똘하게 생각하고 있는 것을 보며 맥주를 마시다 말고 말했다.

"이 회사… 처음부터 이상하다고 생각했지만, 어려운 시기에 거금을 준다고 하니, 아주 미끼를 제대로 던지는 회사였지. 나도 그 말에 혹해서 넘어갔으니까. 하지만 시간이 흐르고 임무를 해결해 나가면서 무언가 이상하다는 것을 느꼈지. 왜… 왜 과거와 미래를 바꿔야 하느냐는 것이지."

이석호는 맥주를 마시면서 안주까지 집어 먹는 여유로

아빠는
신입
사원

움 속에서 홀로 중얼거렸다.

"과거와 미래는 사실 우리와는 전혀 상관 없다. 누가 살아가고 있는지도 몰라. 중요한 것은 현재지. 현재에 살고 있는 나와 가족, 내가 사랑하는 그 모두가 중요할 뿐이지, 과거의 나, 미래의 나는 중요하지 않아. 그런데 왜 내 목숨을 버려가면서까지 그 일을 해야 할까?"

이석호는 무심결에 던지는 말 같지만, 그 말은 두 사람의 마음을 굉장히 흔들어놓고 있었다.

"모든 것이 잘못되어 있습니다."

한참 동안 아무런 말이 없던 이선우가 입을 열었다.

박한슬도 말을 꺼낸 그를 자연스레 쳐다보았다.

비록 이선우가 나이는 많지만, 그래도 아직까지는 회사의 업무 중이라 생각하는 터였다. 그러니 직급이 높은 박한슬에게 말을 높이고 있는 중이었다.

"하지만 다른 쪽도 생각해야 합니다. 이자가… 진실을 말하고 있는지를 먼저 생각해야 합니다."

그녀는 이선우의 말을 들으며 시선은 이석호를 향한 채 말했다.

이석호는 그녀의 말을 듣고도 태연하게 어깨를 한 번 들썩이고는 여전히 맥주를 마셨다.

"이자가 하는 말을 모두 생각해 보았습니다. 그가 나와 박 실장님의 눈을 속이기 위하여 이런 일을 꾸몄다고 보기에는 너무 자연스럽습니다. 그냥… 진행되는 것을 우리에게 보여주기 위하여 시간을 약간 비틀어놓은 것뿐이라 여겨집니다."

"빙고."

이선우의 말이 끝나자 이석호는 맥주잔을 위로 들어 올리며 말했다.

"우선 지금 이 상황에서 마태호 부장이 정말 실질적인 역모의 주인공인지, 아니면 그도 희생양인지를 먼저 파악해 봐야겠습니다."

"역시 달라. 이선우 씨는 이 회사에 어울리지 않아. 대기업으로 갔어야 했어. 생각하는 것 자체가 여기에 있는 실장들의 머리보다 더 뛰어나."

이석호는 이선우의 말을 들은 후, 그를 향해 두 손을 내밀어 박수를 쳐주며 말했다.

비록 장난스러워 보이기는 하지만, 자신이 말하고자 하는 모든 것을 너무나 잘 이해한 이선우에게 칭찬해 주는 것이 당연하다는 태도였다.

"자, 그럼 이제 답은 나온 것 같은데… 어떻게 행동할 것인가? 당신들이 말하는 것에 따라 내가 도울 수도 있고, 반대로 지금까지 일어난 모든 것을 진실로 만들어 버릴 수도 있어."

"그게 무슨 말이지?"

이석호의 말을 선뜻 이해하지 못한 이선우가 물었다.

"말 그대로다. 네가 진실을 파헤치겠다면 내가 돕겠다는 것이다. 하지만 여전히 나를 의심하고, 또 그 머저리같은 마태호가 이런 엄청난 역모의 주인공이란 것을 믿는다면, 지금까지 일어난 모든 것… 즉, 미령의 상처, 그리고 민석훈과 서강수의 죽음, 이혜령과 설서빈, 장태광의상처, 그 모든 것을 그대로 놔두겠다는 이야기지."

이선우는 멍하니 그를 보았다. 잠시 잊고 있었지만, 그는 시간의 틈을 이용하여 이미 일어난 일을 자신의 의지대로 바꿀 수 있는 능력을 가지고 있었다.

즉. 죽은 민석훈과 서강수, 그리고 상처를 입은 이혜령과 설서빈, 장태광은 물론, 이선우가 가장 슬퍼했던 미령의 일까지 모두 없던 일로 만들 수 있었다.

"내가 충분히 할 수 있는 일이다. 그들이 나를 죽이러달려드니, 살아남고자 터득한 능력이지."

이석호는 이선우의 눈을 보며 진지하게 말했다. 위기가닥치면 인간은 자신의 능력을 최대한 발휘한다고 했다. 평범한 사람이 초인적인 힘을 발휘하는 경우도 있다.

이석호가 바로 그런 경우에 속했다. 자신을 죽이기 위

하여 다가온 인물들. 그들로부터 살아남기 위하여 발버둥치다 시간의 틈이란 것을 알게 되고, 또 그 시간의 틈을 이용하여 새로운 능력을 구사할 수 있는 힘까지 얻은 그였다.

"우선… 지금의 상황에서 마태호의 생각부터 파악한다."

이선우가 자리에서 일어서며 말했다.

"노노. 아니야. 마태호는 가장 마지막이다."

이선우의 말에 이석호는 손가락을 저으며 말했다.

"이유는?"

"간단하다. 지금 덮치면 마태호는 내가 시간의 틈을 이용하여 현재의 시점으로 온 것을 알 것이다. 그럼 그를 이용한 진짜 주동자는 숨어버릴 것이다."

이선우는 마태호에 대해 아는 것이 없었다. 그가 역모를 일으킬 정도의 그릇이 되는지 되지 못하는지에 대해서도 알지 못했다.

하지만 이석호는 계속하여 그를 낮추어 말했다. 마태호가 아닌 진짜 주동자가 있다는 것을 강조하였다.

"마태호는 마지막까지 살려둔다. 그런 불쌍한 놈이 지금이 아니면 언제 이런 권력을 누려보겠는가. 그 권력, 실컷 누리게 해주다 가장 마지막에 그놈을 친다."

무능력하다는 말을 하면서도 결국 가장 잔인하게 그의 마지막을 장식해 주려는 이석호의 의도이기도 하였다.

"이장태를 먼저 치죠."

박한슬이 말했다. 그녀로서는 이장태가 왜 이런 일을 꾸몄는지가 가장 궁금하였다.

그 부분에 대해서는 이선우도 동의하는 바였다. 미령의 등에 칼을 꽂은 것에 대한 죗값을 확실하게 갚아주고 싶은 마음이었다.

"그럼 이장태를 먼저 치지. 그리고 이장태를 치면 절로 회장의 자취도 알게 될 것이며, 이 일에 관련된 또 다른 놈들도 알게 될 것이다. 하지만 거기에도 문제는 있어."

이석호는 이장태를 치는 것에 대한 문제점을 말했다.

"무엇이 문제란 말이죠?"

이석호가 문제를 제기하자 박한슬이 바로 물었다.

"이장태가 그곳에 있었다는 것은 아마 앞으로 일어날 일에 대한 것을 어느 정도 예측하고 있을 것이라 간주되지. 즉, 우리가 이렇게 한데 뭉치는 것과, 또 자신을 치기 위하여 다시 과거로 찾아오는 것, 그 모든 것을 이미 알고서 그에 대한 모든 방편을 마련해 두었을 거야."

이석호의 말을 듣고 나니 충분히 일리가 있는 내용이었다. 그렇지 않고서야 이장태가 그곳에 있을 리 없었고, 또 이선우를 곤경에 빠뜨리기 위하여 박세돌이 보는 앞에서 미령의 등에 깔을 꽂을 이유도 없었을 것이다.

"이미 준비하고 있다면 지금 우리가 자신을 잡기 위해서 다시 다가서는 것도 알고 있을 것인데, 뭘 망설이겠습니까? 그냥 칩시다."

이석호의 말을 모두 듣고 난 뒤, 이선우가 결론 내리듯 말했다.

이석호는 그 말에 미소를 지으며 자리에서 일어났다.

"그래, 맞는 말이다. 이미 알고 있다면 지 놈의 미래도 알고 있겠지. 치자. 머리 복잡하게 돌리지 말고."

이석호는 이선우의 말을 바로 받아들였다. 그리고 자리에서 일어났다.

"이장태를 치는 것으로 확정되었으니, 바로 움직이도록 하지."

이석호는 해가 저물어 날이 어두워지고 있는 시점에 지금까지 이야기 나눈 것을 행동으로 바로 옮기려 하였다.

"이 밤에……."

그러자 박한슬이 외부를 보며 말했다. 호프집에 들어올 때는 해가 떠 있었다. 하지만 세 사람이 나눈 대화가 길었고, 그에 따라 흘러간 시간도 한참이었다.

"하… 밤이네."

아빠는
신입
사원

이석호도 그제야 밖을 내다보았다. 그렇게 늦은 밤은 아니지만, 지금 바로 과거로 돌아가 이장태를 본다고 해도 그곳의 시간 또한 늦은 밤일 테니 그리 할 일은 없을 것이었다.

"오늘 밤은 가족과 함께 있도록 해. 그 어떤 누구도 두 사람이 어디에 있는지 알지 못하는 밤이 될 테니 걱정 말고."

이석호는 바깥을 살펴본 뒤, 다시 자신의 손목시계를 보며 말했다. 자신의 능력 중 하나를 발휘하여 지금 이 두 사람에게 특혜를 준 것이었다.

이선우는 아내와 아이들을 볼 수 있다는 생각이 들었다.

박한슬도 자신 개인적인 시간을 활용할 수 있다는 생각을 하였다.

그리고 두 사람 모두 지금 현재 지하 50층에서 작금의 사태로 인하여 밤잠을 설치고 있을 모두를 까맣게 잊었다.

"내일… 아침 8시에 이곳에서 다시 뵙도록 하겠습니다."

이석호는 일어선 자리에서 두 사람을 향해 공손한 자세로 인사한 뒤, 카운터로 가서 계산을 하고 먼저 호프집을 나섰다.

그가 나간 후, 박한슬이 이선우를 보며 물었다.

"어떻게 생각하십니까?"

"우선은 이석호의 말대로 움직이겠습니다. 그를 의심하자니 너무나 사리에 맞는 바가 많고, 또 그의 말을 무시하자니 이미 내 기억 속에 자리 잡은 것이 많습니다."

결론적으로 말해 이선우는 이석호를 믿기로 하였다.

박한슬로서도 다른 방도가 없었다. 지금 상황에 자신 홀로 회사로 들어가 마태호가 점령한 중앙 통제실을 장악하여 모두를 구해낼 수도 있을 것이다.

하지만 그녀는 따로 움직일 생각이 없었다.

"일어나시죠. 그리고 당분간은 그 어떤 누구도 우리의 행적을 모른다고 하니, 오늘은 가족과 함께 지내십시오. 내일… 이 문제를 파헤쳐 보도록 하겠습니다."

이야기를 마친 이선우도 자리에서 일어났다. 그는 가족을 보고 싶다는 마음도 있지만, 자신이 몸담은 이 회사의 마지막 임무 또한 깔끔하게 처리한 후에 돌아가고 싶은 생각도 있었다.

이선우가 일어서서 움직이자 박한슬도 그에 따랐다. 이석호의 말처럼 두 사람의 모든 것은 그 어떤 시스템에서도 잡히지 않는 상태였다.

마태호가 장악한 중앙 통제실은 물론, 눈에 불을 켜고

찾고 있을 50층의 실장에게도 두 사람의 행적은 전혀 드러나지 않았다.

　"시간의 틈은 다시 열리지 않았는가?"

　한참의 시간이 지났다. 50층의 실장은 박 팀장에게 나지막한 목소리로 물었다. 박 팀장은 대답 대신 그를 보며 고개를 절레절레 흔들었다.

　실장은 다시 휴게실로 갔다. 그리고 아직도 정신을 회복하지 못하고 있는 세 사람을 보았다.

　이혜령과 설서빈, 장태광은 아직도 눈을 뜨지 못하고 있었다.

　이미 시체로 돌아온 민석훈과 서강수가 있는 곳으로 향한 실장은 두 구의 시신도 재차 확인하였다.

　"제길……."

　그는 표정을 찌푸리며 격한 말을 내뱉었다. 50호의 실장 역시 이석호가 말한 이혜령에 대한 비밀을 아직 모르고 있었다.

　그녀가 조선 시대에서 별감으로 분한 이장태를 보고도 모른 체한 이유를 알지 못한 상태인 것이다.

　아니, 실장은 이장태가 그곳에 있다는 사실조차 모르고 있었다.

"눈 좀 붙이십시오. 아무래도 오늘은 더 이상 어떤 반응을 찾기란 쉽지 않을 것 같습니다. 보아하니 마태호 쪽에서도 별다른 움직임은 없는 것으로 보입니다."

이기석이 실장에게 다가가 말했다. 그런 뒤, 몇 개의 모니터를 둘러보고는 다시 중앙 모니터를 살피면서 박 팀장에게 다가갔다.

"자네도 좀 쉬게. 내가 보고 있을 테니 말이야."

박 팀장은 이곳에 들어온 순간부터 줄곧 중앙 컴퓨터를 관리했다. 눈 한 번 깜빡거리지 않고 모니터를 집중하여 보면서 뭔가 특이한 점이 있으면 곧바로 찾아내곤 했다.

"아닙니다. 괜찮습니다."

"쉬어. 몸이 아프지 않아야 어려운 상황도 이겨낸다."

50층의 실장이 말했다. 그러자 박 팀장이 이기석을 흘긋 본 후, 자리에서 일어났다.

"나머지 분들도 모두 좀 쉬십시오. 저들이 쉴 때 우리도 쉬어야 대적할 수 있습니다."

이기석은 다른 사람들을 보면서도 말했다. 약 일곱 명정도가 더 있는 상황. 그들은 모두 50층의 실장을 보았다.

실장이 동의한다는 듯 고개를 끄덕거리자 그제야 모두가 휴식을 취하기 위하여 실장실 안쪽의 또 다른 휴게실로 향하였다.

"괜찮겠습니까?"

"괜찮습니다. 어디, 날밤 지샌 적이 하루 이틀이었습니까?"

50층의 실장이 그의 곁으로 다가서며 걱정된다는 듯이 묻자 이기석은 웃으며 답했다.

"이선우 씨와 박 실장의 신호를 찾고, 또 회장님과 경영기획실장을 찾으러 간 두 사람의 신호를 찾는 것만 하면 되지 않습니까?"

"네. 뭐, 일단은 그렇게만 할 것입니다. 다른 것은 마태호가 어떻게 움직이느냐에 따라 변수를 두도록 하겠습니다."

이기석의 말에 실장은 고개를 끄덕이며 답했고, 곧 몇 개의 모니터를 더 살펴본 뒤에 불이 밝혀져 있는 두 개의 LED를 가리켰다.

하나는 이선우와 박한슬을 이동시키기 위하여 대기 중에 있는 것이며, 또 하나는 회장을 찾기 위하여 나가 있는 지상 2층 서지호와 지하 25층 강민석을 소환하기 위하여 대기 중인 LED였다.

"다른 신호가 잡히면 바로 당길 것이니, 염려하지 마십시오."

이기석은 그렇게 말하고는 실장마저 쉬도록 배려해 주었다. 50층의 실장은 자신 있게 말하는 그를 믿고 자신의 사무실로 향하였다.

"쉬지 않고 뭐하는가?"

실장이 사무실로 들어서자 박 팀장이 마치 기다리고 있던 것처럼 자리에서 일어서며 그를 맞이했다.

"뭔가 문제가 있는 것은 아닐까요?"

"문제?"

"네. 이석호가 시간의 틈을 열었습니다. 하지만 이상하게도 그 순간은 이곳에서 그 틈을 잡지 못했습니다."

"다른 방법을 이용하여 시간의 틈을 열었다? 뭐, 그런 말인가?"

박 팀장의 말에 실장이 다시 되물었다.

"꼭 그렇다는 것은 아니지만, 이석호가 시간의 틈을 열면 지금까지는 단 한 번도 놓치지 않고 다 잡아냈습니다. 그런데 낮에 일어났던 그 시간의 틈 이후… 단 한 번도 잡히지 않고 있으며, 이선우 씨와 박 실장이 의심 없이 그 안으로 그냥 들어갔을 리도 없지 않겠습니까?"

실장은 박 팀장의 말을 듣고 이선우와 박한슬이 조선 시대로 다시 돌아간 그 순간부터를 떠올렸다.

이석호는 시간의 틈을 열어 두 사람을 다시 조선 시대

로 불렀다. 그때까지는 시간의 틈을 잡을 수 있어서 바로 이동할 수 있었다.

하지만 그 후에 이석호가 다시 시간의 틈을 열어서 현재로 움직였지만, 그 신호는 잡을 수 없었었다.

무엇보다 이선우와 박한슬이 조선 시대에 그대로 남아 있다면 지금 그들의 위치를 파악할 수가 있겠지만, 그들의 신호는 전달되지 않고 있었다.

즉, 그들도 이석호를 따라 시간의 틈으로 들어간 것일 테지만, 그곳이 어딘지, 어떤 시대로 갔는지, 그 어떤 것도 확인할 수 없는 상황이었다.

"제가 이상하다는 것은 두 사람이 이석호를 의심 없이 따라갔으리라 생각되기 때문입니다. 분명 이선우 씨와 박 실장은 이석호를 잡을 것처럼 움직였습니다. 그런데 왜… 왜 그를 따라갔을까 하는 것이 의문입니다."

박 팀장은 아무리 생각해도 그 원인을 알 수가 없었다. 하지만 그 문제에 대해서는 박 팀장뿐만 아니라 50층의 실장과 이기석도 알 수 없었다.

이혜령과 설서빈, 장태광이 깨어나면 질문이라도 해보겠지만, 지금은 그럴 여건도 되지 않았다.

"기다려 보면 되겠지. 이선우 씨가 무엇을 생각하는지, 또 이석호가 무슨 생각을 하며 이선우 씨를 데리고 갔는지… 또… 저기 쓰러진 세 사람이 일어나지 않는 이유, 모든 것이 다 기다리면 무언가 해답이 나올 거야."

50층의 실장은 이미 많은 것을 의심하고 있었다. 처음 계획대로라면 차질 없이 일이 잘 진행되어 이석호를 잡고, 마태호를 칠 준비를 해야 할 때였다. 아니, 그때도 이미 지났어야 했다.

하지만 모든 것이 틀어졌다. 가장 큰 기대를 가지며 믿고 있던 이선우마저 행방을 감췄다. 함께 간 박한슬도 연락을 할 수 없으며, 회장을 찾으러 간 두 사람도 연락이 없었다.

새삼 마음에 걸린 50층의 실장은 다시 한 번 휴게실에 있는 세 사람을 보러 갔다.

"심장박동과 정신 신호, 신경계 등 모든 것이 정상입니다. 그런데 일어나지 않는 것에 대해 뭐라 설명을 할 수가 없습니다."

그가 세 명을 물끄러미 바라보고 있자 곧 그들을 치료하고 있던 직원이 다가서며 말했다.

"이들이… 지금 아무런 문제가 없을 수도 있다는 말인가?"

"네. 하지만 그건 어디까지나 추측입니다. 모든 수치상으로 문제가 없더라도 문제가 발생하는 경우는 종종 있으니 말입니다."

실장의 말에 사내가 답했다. 그의 말처럼 모든 것을 기계에 의존하여 확정 지을 수는 없는 노릇이었다.

"알았네. 계속 신경 써주게. 그리고 조금이라도 변화가 있다면 바로 알려주게."

"알겠습니다, 실장님."

실장은 휴게실을 나섰다. 그리고 중앙 모니터 앞에서 매서운 눈빛으로 모니터를 집중하여 보고 있는 이기석을 보았다.

이선우는 맥주 집에서 나와 집으로 향하였다. 단 3일 만에 다시 걸어가는 길이지만, 느낌이 새로웠다.

"하… 매일같이 이 길을 걸었지만, 별생각 없이 걸어다녔군. 사람들과 가게들. 조금이라도 훑어보며 사람들에게 웃어주고 그럴 것을 그랬나?"

이선우는 그리 늦은 시간은 아니지만, 그래도 오후 9시경이 된 시간이라 사람들이 그리 많을 것이라고 생각지는 않았다.

하지만 집으로 향하는 길에 있는 수많은 가게에는 사람들이 저마다 웃으며 이야기하고 있었고, 또 가족끼리 음식을 먹으며 화목한 모습을 보이고 있었다.

"지민이와 영민이를 안아주러 가볼까?"

이선우는 그런 일상의 모습들을 보고 미소를 지으며 집으로 향하였다.

"어! 아빠다!"

집에 들어와 현관문 앞에 섰다. 그러자 주방으로 향하던 지민이 잠시 멍하니 멈춰 섰다가 이내 손에 들고 있던 물컵을 바닥에 떨어뜨리며 소리쳤다.

"아빠!"

곧 영민도 지민의 말을 듣고 거실에서 후다닥 달려와 선우를 보며 멈춰 선 뒤, 와락 달려들어 안겼다.

이선우는 두 아들을 안았다. 마치 깃털을 안아 올리듯 두 아들을 번쩍 들어 올리며 거실로 들어섰다.

아내는 그런 이선우를 보며 미소를 지었다.

"이놈들, 아빠가 없는 사이 대체 엄마가 뭘 먹였을까? 무거워지고 힘도 더 세진 것 같은데 말이야."

이선우는 두 아들을 들어 거실에서 이리저리 뱅뱅 돌리며 말했다. 그러자 두 아들은 함박웃음을 지으며 아빠의 장난에 장단을 맞추었다.

"식사는 하셨어요?"

"어, 먹었어. 아니, 생각해 보니 밥은 먹지 않았네. 맥주만 한 잔 먹고 왔어."

사실 이선우는 배가 고프지 않았다. 하지만 아내의 물음에 자신이 잘못 답했다는 것을 깨닫고 바로 고쳐서 답했다.

아내는 웃으며 주방으로 갔다.

"우리… 고기 먹으러 갈까?"

"와! 좋아요, 아빠! 나 갈비 먹고 싶어요!"

지민이 이선우의 말에 가장 먼저 반응했다. 열 살이 되면서부터 고기를 곧잘 먹기 시작한 지민은 특히 돼지갈비를 좋아했다. 보통 어른보다 더 많이 먹을 정도로 식성이 좋았다.

영민은 갈비도 삼겹살을 좋아했다.

결론적으로 두 아들 모두 고기를 좋아하니, 간만에 맛있는 저녁 식사를 먹고 싶어지는 이선우였다.

"엄마, 우리 갈비 먹으러 가요. 네~?"

지민이 아내의 앞에서 재롱을 부렸다. 아내는 평소 외식을 그리 좋아하는 편이 아니었다. 집에 있는 밥과 반찬으로 이선우와 아이들의 끼니를 항상 챙기던 그녀였다.

하지만 모처럼이란 생각에 기분 좋게 동의했다.

"좋아요. 가서 먹어요."

사실 저녁을 먹기에는 이른 시간이 아니었다. 9시가 넘어버린 시간이라 대부분의 고깃집은 문을 닫았을 것이다.

"서둘러 가보자. 늦게 가면 가게 문 닫는다."

이선우는 두 아들을 번쩍 들어 올리며 말하자 아내도 서둘러 외출 준비를 하여 네 가족은 5분 만에 외출준비를 마친 후, 집을 나섰다.

"문을 다 닫았네."

서둘러 나왔다. 하지만 집 앞에서 쭉 연결되는 식당들은 대부분 문을 닫은 뒤였다.

"아빠, 아빠, 저기!"

지민이 길 건너편을 가리키며 말했다. 그 가게는 아직도 성업 중이었다. 하지만 손님이 없었다.

"가보자."

그래도 이왕 외식을 하자고 나왔으니 뭐라도 먹고 들어가야 마음이 편할 것 같다는 생각에 길을 건너 식당으로 향했다.

"어서 오세요~"

가게 안으로 들어서자 한 여인의 간드러지는 목소리가 들려오고, 곧 주방에서는 정말 백정 같은 사내가 우락부락한 표정을 지으며 이선우 가족을 맞이했다.

"하하… 우리 아빠의 표정이 무섭죠? 하지만 저 표정이 지금 평온하다는 뜻이에요. 즉, 손님들을 환영한다는 뜻이지요."

정말 주방에 있는 사내만 본다면 앉아서 밥을 먹을 생각이 싹 달아날 정도였다.

하지만 그의 딸로 보이는 여인의 간드러지고 살살거리는 어투에 손님들은 다시 앉을 것 같았다.

"돼지갈비 2인분과 삼겹살 2인분 주세요."

자리에 앉는 것과 동시에 여인이 주문서를 들고 오자 지민이 직접 주문하였다.

"똑똑하구나. 몇 살이야?"

여인은 지민을 보며 물었다.

"열 살이에요."

"그래? 귀엽네. 그럼 아이가 주문한 대로 드릴까요?"

여인은 확인하듯 다시 한 번 묻자 이선우는 고개를 끄덕거리며 긍정을 표했다.

"그러고 보니 우리 이렇게 밖에 나와서 밥 먹어본 적이 언제였는지 기억이 나지 않네요."

여인이 주문서를 들고 주방으로 돌아간 후, 아내가 이선우를 보며 말했다. 이선우는 그녀의 목소리에 가시가 몇 개 꽂혀 있는 듯한 느낌을 받으며 어색한 미소를 지었다.

"앞으로 자주 먹자. 아이들도 크고 하니 이제는 불판

무서워 삼겹살 구워 먹지 못할 일은 없을 것 같으니 말이
야."

이선우는 아내의 손을 살며시 잡아주며 말했다.

"비켜주세요. 불 들어갑니다."

"아… 네."

참 분위기 없는 종업원이었다. 조금 전에 주문을 받은
여인은 산들산들한 목소리와 외모로 사람을 녹이듯이 말
했지만, 뜨거운 불을 들고 들어온 남자 종업원은 이선우
와 아내가 손을 잡고 있는 그 사이를 일부러 비집고 들어
와 불을 놓아주었다.

아내는 어색한 미소를 지은 뒤, 두 아들을 보았다. 아
이들은 식당에 오랜만에 온 듯 조리 도구를 들고 그 자리
에 앉아서 놀고 있었다.

"와, 고기다!"

곧 돼지갈비와 삼겹살이 나왔다. 이선우는 고기를 들어
불판 위에 올려놓으며 굽기 시작하였고, 아이들은 지글지
글 익어가는 고기를 보며 어느새 젓가락을 들었다.

아내는 그 모습을 보며 다시 웃으며 그녀 자신도 젓가
락을 들어 익은 고기를 집을 준비를 하였다.

"아빠 먼저야."

아내는 아이들을 보며 말했다. 아이들은 아내의 말을

들고 웃었다. 이선우가 익은 고기를 한쪽에 내려놓자마자 지민이 젓가락으로 고기를 집은 후, 이선우의 입에 얼른 넣어주었다.

"아빠, 맛있어요?"

"응, 너무 맛있네. 이제 엄마 드리고, 너희들도 먹어."

이선우의 말에 아이들은 또 한 점의 고기를 집어 아내의 입에 넣어준 뒤, 그 후부터는 연신 폭풍흡입을 하기 시작하였다.

아이들은 언제 이렇게 많이 컸는지 모를 정도로 부쩍 자라 있었고, 먹는 양도 어마어마했다.

"고기 더 주세요."

결국 이선우는 고기를 더 주문하였다. 네 명이니 4인분으로 충분할 것이라 여겼지만, 계산착오였다.

아직 자신과 아내는 제대로 먹지도 못한 상황인데, 고기 4인분이 게 눈 감추듯 사라져 버렸다.

이선우와 아내는 그런 모습을 보는 것만으로도 너무 행복하였다. 아이들의 입에 들어가는 것만 봐도 배가 부르다는 어머니의 말이 절절이 이해가 되었다.

"참 보기가 좋네요. 저희 사장님께서 너무 아름다운 모습이라며 고기를 더 주셨습니다. 드세요."

"네? 아, 네… 감사합니다."

아이를 보며, 또 서로를 보며 연신 뿌듯한 미소를 짓는 한가족의 모습은 백정 같은 사장의 마음까지 흔들어놓았고, 결국 서비스로 고기를 받았다.

이선우는 주방으로 시선을 돌려 고개를 살짝 숙여 보이며 감사의 뜻을 전했다.

덕분에 네 사람은 정말 푸짐하게 고기를 먹었다.

"어… 이선우 씨?"

식사를 마친 후 자리에서 일어서려 할 때, 누군가가 이선우를 불렀다. 그 사람은 다름 아닌 박한슬이었다.

이선우는 이곳에 박 팀장이 있다는 사실에 의아해하며 그녀를 보았다.

"사모님 되시나 봐요. 그리고 아이들이겠고요. 정말 사모님은 아름다우시고 아이들은 건강하네요."

박한슬은 식당 안으로 들어서며 말했다. 이선우는 사실 지금의 분위기에 그녀가 불쑥 들어선 것이 그리 반갑지만은 않았다.

아내 역시 지금껏 단 한 번도 잃지 않던 미소가 그녀가 나타나는 그 순간 딱 멈춰 버린 것에 이선우의 기분은 더욱더 가라앉았다.

"여보, 인사해. 우리 회사 다른 부서의 실장님이셔."

이선우는 마지못한 마음으로 그녀를 소개했다. 아내는 자리에서 일어나 그녀에게 인사를 건넸고, 곧 지민과 영민이도 따라 하듯 자리에서 일어나 그녀에게 인사했다.

"어쩜 인사성도 밝네요. 행복하시겠어요."

박한슬은 지민과 영민의 머리를 한 번씩 쓰다듬어 주고는 다시 이선우를 보며 말했다.

"그런데 이곳에는 어쩐 일이십니까?"

"아, 모르셨군요? 저희 집도 이 근처입니다. 출출해서 나와봤는데, 이렇게 만나게 되었네요."

박한슬은 정말 자연스럽게 아내의 옆에 앉으며 말했다.

이선우는 그녀의 행동이 이해가지 않았다. 보통은 이 상황에서 함께 앉는다면 먼저 양해를 구하는 말을 하는 게 당연했다.

하지만 그녀는 아무런 말 없이 그냥 앉은 채 젓가락까지 드는 게 아닌가.

한데 아내는 그녀의 행동을 보고 무언가 이해했다는 눈치를 보냈다. 그러고는 이선우의 눈빛에서 풍겨 나오는 분위기에 그가 한 소리 할 것 같다는 눈치를 채고 미리 선수를 쳤다.

"고기 좀 드시고 계세요. 전 잠시 화장실 좀 다녀올게요."

아내가 자리에서 일어났다.

"너희들도 화장실 한 번 다녀오자. 그리고 또 더 먹어."

"네, 엄마."

아내는 역시 눈치 백단이었다. 아무리 무례한 사람이라고 하더라도 직장 동료의 가족이 있는 자리에서 박 팀장과 같은 행동을 하는 사람은 그리 없을 것이다.

하지만 단지 그 무례한 행동으로 따로 자리를 만들라고 하기에는 분위기가 심상치 않았다.

아내가 두 아이를 데리고 화장실로 향하자 박한슬의 표정도 그 순간 바로 변하였다.

"무슨 일입니까?"

"우리가 시간의 틈으로 들어온 것은 알고 계시죠?"

"네, 알고 있습니다. 그것 때문에 이렇게 찾아오신 것입니까? 제가 식당으로 나오지 않고 집에 있었다면 집으로도 찾아오셨을 것 같네요."

"네, 찾아갔을 것입니다."

"……"

이선우는 그저 농담으로 한 말이지만, 그 말을 진담으로 받은 박한슬의 말에 표정이 변하였다.

"시간의 틈은 오랫동안 열려 있을 수 없습니다. 즉, 지금 우리는 시간의 틈으로 들어왔지만, 현재의 시간에 있습니다. 굳이 다시 소환되어 또다시 현재로 갈 필요가 없다는 말입니다."

박한슬의 말은 이선우의 눈동자를 흔들리게 만들었다. 그녀는 지금 이대로 이 세계에 그냥 묻어가자는 말을 하는 것과 같았다.

어차피 지금도 현실과 다름이 없었다. 돌아가도 같은 시대의 같은 시간을 살아가게 될 것이다. 단지… 회사 밖에서 가족들과 함께 지내는 것과 회사의 지하 50층에서 생활하는 것만이 다를 뿐이었다.

"맞습니다. 실장님의 말이 맞습니다. 정말 신경 끄고 그냥 이대로 사는 것도 좋습니다. 하지만… 우린 시간의 틈에 들어와 있습니다. 이석호가 우리에게 왜 이런 공간을 만들어주었는지를 생각하세요. 분명… 그냥 만들어놓은 것은 아닐 것입니다."

이선우는 올바른 판단을 했다. 이석호는 바보가 아니었다. 두 사람을 그저 편한 곳에다 내려놓는 일은 하지 않을 것이다. 분명 무언가 원하는 것이 있기에 그것을 얻기 위하여 이런 시간을 만들어놓은 것이라 말하는 것이었다.

박한슬은 이선우의 말을 듣고 나서도 아무런 말을 하지 않았다. 자신의 생각이 짧고, 또 잘못되었다는 것을 알지만, 그래도 혹시나 하는 마음에 해본 말이기도 하였다.

정말 이대로 그냥 살고 싶은 생각을 한 것도 사실이었으니까.

"저희 아버지께서 손님이 더 오신 것 같은데, 식사를 더 하실 것인지 물어보시네요."

처음 주문을 받았던 여인이 다시 다가왔다. 그녀는 여전히 간들거리는 어투로 물었고, 박한슬은 미소를 지으며 손을 흔들었다.

"난 이만 갈게요. 내가 괜한 생각을 했나 봐요. 그리고 혹시나 해서 하는 말인데, 여기 이상해요. 조심하세요."

박한슬은 자리에서 일어서며 말했다. 이선우는 그녀가 하는 말이 무엇을 뜻하는지 알 수 있었다. 바로 주방에 있는 주인 아저씨를 보고 한 말이라 여겼다.

정말… 그 사내는 그냥 서 있는 것 자체만으로 무섭다는 말이 잘 어울리는 사내였다.

"어머, 회사 동료분은 가셨어요?"

두 아이를 데리고 화장실에 다녀온 아내가 물었다.

"응. 출출해서 나왔는데, 들어갈 때 떡볶이나 사서 들어가야겠다며 먼저 갔어. 당신에게 인사하지 못하고 가서 미안하다고 전해 달라더군."

그러자 아내가 이선우를 보며 입을 열었다.

"여보, 이제 가요."

"왜? 더 먹고 가. 오랜만에 나왔는데……."

아내는 자리에 앉지 않은 채 말했다. 하지만 이선우는 가족들과 함께 고기를 더 먹고 싶었다. 그래서 아내에게 앉도록 하려 했지만, 아내의 눈짓에 주변을 둘러보았다.

"……."

이선우는 순간 멍한 기분을 느꼈다. 조금 전까지는 그래도 몇 곳의 상가가 불을 밝히고 있었다. 하지만 지금은 아예 암흑이었다.

심지어 호프집마저도 문을 닫고 동네 자체가 암흑처럼 느껴지고 있었다.

"엄마, 무서워."

영민이 아내의 품에 안기며 말했다. 지금까지 이 동네에서 살아오며 이런 분위기는 난생 처음 느껴보는 이선우였다.

"그러게. 오늘은 다들 일찍 문을 닫았네요. 이상하네?"

이선우와 아내가 불안한 눈빛으로 어둠 속의 동네를 보고 있을 때, 식당 주인이 갑자기 옆으로 다가와 말을 걸어왔다.

그가 갑작스레 나타나는 바람에 아내가 놀라 이선우의 팔을 꽉 잡았다.

"이거, 미안합니다. 그냥 저도 이상하게 느껴져서 보는

라……."

식당 주인은 아내에게 사과했다. 아내는 고개를 살짝 숙이며 그의 사과를 받아주었고, 곧 다시 거리를 보았다.

"차도 없어요……."

이선우는 처음엔 그저 문 닫힌 가게만을 생각했다. 하지만 이어지는 아내의 말에 주변을 둘러보았다. 왕복 8차선 도로에는 단 한 대의 차량도 지나다니지 않았다.

"그참, 신기하네, 어떻게 이런 일이 있을까?"

식당 주인은 이상하다는 말을 하면서도 표정과 행동은 절대 이상하지 않은 듯 보였다.

당황하지도 않았으며, 그렇다고 어둠 속에 홀로 불을 밝히고 있는 자신의 가게에 대한 그 어떤 해명도 하지 않았다.

"여보, 가요."

아내가 다시 재촉했다.

이선우는 자리에서 일어서며 주머니를 뒤적거렸다.

'지갑…….'

주머니 속에는 아무것도 없었다. 그는 잠시 잊고 있었다. 이곳은 현실 세계가 아니다. 현실 세계지만 분명 시간의 틈을 통해 들어온 현재의 시간이다. 그래서 주머니에 돈이 없는 것이었다.

당황하는 이선우의 행동을 보며 아내가 돈을 꺼내 식당 주인에게 주었다.

"감사합니다. 또 오세요."

식당 주인은 아내에게 돈을 받은 후, 고개 숙여 감사의 뜻을 전했다. 그리고 아내는 서둘러 두 아들을 데리고 식당을 나섰다.

여전히 혼란스러운 이선우는 식당 주인과 여직원을 보며 천천히 아내를 따라 가게를 나왔다.

"서둘러 집에 가서 쉬어야겠어요. 도대체 이게 무슨 일인지 원……."

아내는 주변을 둘러보면서 말했다. 두 아들은 아내의 다리를 꽉 잡고 걷고 있었다. 그만큼 무섭다는 뜻이었다.

이선우는 두 아들의 손을 잡았다. 그리고 번쩍 들어 올려 자신의 양쪽 어깨에 앉혔다.

열 살과 여섯 살의 아이를 한 손으로 들어 올려 어깨에 앉힐 수 있는 사람은 그리 많지 않을 것이다.

그것도 이선우처럼 전혀 우락부락하거나 힘이 강할 것처럼 생기지 않은 일반적인 사람이라면 더욱더 그럴 것이다.

하지만 이선우는 아무런 힘을 주지도 않은 채 두 아들을 들어 올려 어깨에 앉힌 뒤, 서둘러 집을 향해 걸었다.

집으로 돌아가는 도중에도 거리를 거니는 사람들은 단한 명도 보지 못하였다. 마치 이 도시에 자신들의 가족 네명만이 살아서 걷고 있는 느낌이었다.

"아파트에……."

어느덧 이선우는 아파트 앞까지 도착해 있었다. 그러자 아내가 갑자기 걸음을 멈추고 아파트를 보며 말끝을 흐렸다.

"엄마… 사람들이 다 자나 봐. 불이 다 꺼져 있네?"

영민이 말했다. 영민의 말처럼 아파트 전체가 소등되어 있었다. 아니, 단 한 집. 이선우의 집에 켜진 거실 불빛을 빼고는 모든 아파트의 불이 다 꺼져 있었다.

'뭔가… 잘못되었다.'

이선우는 속으로 중얼거렸다. 박한슬이 자신을 찾아왔을 때부터 뭔가 잘못 돌아가고 있다는 것을 깨달았어야 했다.

"여보, 집에 들어가 있어. 나 회사에 좀 다녀올게."

"지금요? 왜 하필 지금……."

"미안해. 급히 해결해야 할 일이 있어. 미안해, 여보."

이선우는 아내와 아이를 데리고 서둘러 집으로 향하면서 말했다. 그리고 문을 열고 집 안을 살펴본 뒤, 아무런 이상이 없다는 것을 확인하고 아내를 다시 안아주었다.

"커튼을 치고 외부를 보지 마. 그리고 그냥 애들을 먼저 재워. 일찍 돌아올게."

"조심하세요, 여보."

아내는 오히려 이선우를 걱정했다.

이선우는 집을 나서기 전, 아내를 보며 다시 한 번 부드럽게 안아주었다.

"사랑해."

"조심해요."

사랑한다는 말을 했다.

아내는 조심하라는 말을 하였다.

두 사람은 잠시 껴안은 채 서로의 체온을 확인했다.

그런 후, 곧 이선우가 그녀를 떼어내 다시 한 번 얼굴을 보고는 입맞춤을 한 뒤, 문을 열고 나섰다.

그가 나서자마자 아내는 문단속을 철저히 하며 이선우가 말한 것처럼 창문에 커튼을 모두 둘렀다.

밖으로 나온 이선우는 주변을 살폈다. 그리고 놀이터를 바라보았다. 아무도 없는 놀이터에서는 그녀가 홀로 왔다 갔다 하고 있었다.

이선우는 집을 올려보았다. 아내는 외부에서 소등된 것처럼 보일 정도로 완벽하게 커튼을 쳐서 내부의 불빛을 모두 차단하였다.

"무슨 일이……."

"시간의 틈으로 누가 들어오려 하는 중이야."

"……!!!"

이선우가 놀이터를 지나 회사 방향으로 가려던 순간, 이석호가 놀이터의 그네에 앉아서 중얼거렸다. 그러자 깜짝 놀란 이선우가 놀이터를 향해 보며 섰다.

"무슨 말인가? 시간의 틈으로 누가 들어오다니? 그것이 가능해?"

"하하, 가능하지. 세상에 나는 혼자지만, 나 같은 능력을 지닌 놈은 더 있다. 그리고 그중에 한 놈인지, 여러 놈인지가 다시 시간의 틈을 통해 들어서려고 하는 중이야."

이석호의 말을 들은 이선우는 그의 부하들을 떠올렸다. 그의 부하들도 시간의 틈을 이용하여 자유롭게 움직였다. 그러니 지금 이석호가 한 말처럼 다른 능력자가 있다는 이야기를 들어도 그리 놀랄 일은 아니었다.

"하지만 누가 들어오느냐가 관건이지, 만에 하나 나의 계획을 무너뜨리려는 놈이라면 너와 내가 잡아야 한다. 하지만 오히려 우리를 돕고자 하는 놈이라면, 잡는 것이 아니라 손을 내밀어 악수를 청해야 한다."

이석호는 주변을 둘러보며 말했다. 자신이 열고 들어온

시간의 틈이지만, 그 시간의 틈을 다시 열고 들어서려는 누군가를 주시하여 찾고 있었다.

"그런데 왜 모든 집의 불이 꺼지고, 도로에 차가 없는 것인가? 그것도 관련이 있는 것인가?"

"물론이지. 시간의 틈이 열리면 다른 시간이 전개된다는 뜻이다. 그 시간이 지금의 시간을 이어받아 연장되는 것이 가장 좋은 방법이지만, 그렇지 않을 경우는 다르지. 지금처럼 모든 것을 다 끊고 다시 시간을 받아서 열면 기존에 있던 장소의 모든 것이 다 정지되고 다시 시작되어야 한다."

"그래서…… 모든 것이 사라졌군."

"그렇지. 하지만 시간의 틈을 이용하여 들어온 사람이거나 기타 시간을 이용할 수 있는 사람이라면 굳이 사라지지 않아도 그대로 삶을 이어받아 살 수 있다. 우리들처럼 말이야."

"……!!!"

이어지는 이석호의 말에 이선우는 놀란 눈을 한 채 한 곳으로 시선을 돌렸다.

바로 식당이었다. 모든 곳이 다 소등되고 지나다니는 사람조차 없었지만 식당은 성업 중이었고, 또 식당 주인과 그의 딸이 일을 하고 있었다.

이선우는 조금 전 자신이 식사를 했던 곳에 대해 말했다. 그러자 이석호의 표정이 굳어졌다.

"가봐야겠군."

두 사람은 곧바로 움직였다. 그리고 여전히 성업 중인 식당을 보았다.

"하, 적응하기 힘드네. 정말 어떻게 아무렇지 않게 저리 장사를 하고 있을 수가 있지?"

이석호는 어이없다는 표정을 한 채 식당을 향해 걸었다.

"어서 오세요."

조금 전, 이선우를 반겼던 주인의 딸이 지금도 해맑은 미소와 함께 간드러지는 목소리로 인사했다.

"무엇을 드릴까요?"

그녀는 이선우를 보면서 물었다. 이선우는 어리둥절한 표정을 지었다. 그리고 곧 주방에 있는 주인을 보았다. 주인은 역시 무표정에 가까운 표정을 한 채 이선우를 보고 있었다.

"조금 전…… 여기 와서 식사했는데요. 기억나지 않으십니까?"

"네? 무슨 말씀이신지요? 저희는 오늘 가게 문을 열고 아직 한 명도 손님을 받지 않았는데요. 하하, 다른 곳에서 드시고 혼동되셨나 보네요."

"네?!"

이선우는 놀란 눈으로 그녀를 보았다. 그녀는 정말 아무렇지도 않게 밝은 표정을 지으며 말하고 있었다.

"꼬여가고 있다. 아무래도 우리 동지는 아닌 것 같다. 일단 박 실장을 찾아서 준비를 해야겠어. 누가 왔는지부터 찾자."

이석호는 간단하게 고개를 살짝 숙여 인사한 뒤 가게를 나왔다.

"가게에 있는 저 사람들은 문제가 없는 건가?"

"피해자야. 너희 가족처럼. 너희 가족도 사라지지 않고, 또 집을 소등하지 않았는데도 버티고 있잖아. 저 사람들도 마찬가지야. 일을 하고 있지만 계속 되풀이되는 시간만을 보내게 되지."

이석호의 말을 들은 후, 이선우는 이 식당에서 일어나는 것은 이해할 수 있었다. 하지만 문제는 아내와 아이들이었다.

시간이 되풀이된다고 하였으니, 만에 하나 가족들이 어느 시간부터 되풀이되는 시간을 마주하고 있는지를 알고 싶었다.

"가족은 너무 걱정 마라. 특별히 네 가족에게는 내가 하나의 시간을 더 엎어두었다."

"무슨 말이지? 그런 것이 가능한가?"

이선우는 이해할 수가 없어 물었다.

"우리가 하는 일은 시간을 이용하여 사건을 해결하는 일이었다. 고작 그 시간을 그냥 흘러가는 대로 놔두고 임무를 수행하기만 하는 것이라면 너무 지루하지. 그래서 그 시간을 이용할 수 있는 다른 방법도 많이 생각했다."

이선우는 가만히 이석호를 바라보았다. 그가 거짓말을 하는 것 같지는 않았다. 진실을 말하는 표정이었다.

"엎어둔 시간은 다른 사람이 이 시간을 깨고 들어와도 그 사람의 곁으로 가지 못한다. 이미 한 겹으로 더 덮인 시간 속에 있기에 특별히 그 연을 맺지 않는 한, 그 사람들을 만날 수 없어. 그러니 걱정 마라. 네 가족은 시간을 되풀이하지도 않을 것이고, 또 위험에 노출되지도 않을 것이다."

이석호는 이선우의 앞을 지나치며 말했다. 이선우는 자신 앞을 지나쳐 가는 그를 보았다. 자기 가족에게 그런 장치를 해두었다면 정말 고마운 일이었다.

"여보…… 조심해요."

아내는 두 아들을 재우고 식탁에 앉아 홀로 중얼거렸다. 그녀는 이석호의 말처럼 되풀이되는 시간을 보내고 있지 않았다.

"누가 왔을까나……. 너를 보낸 사무실에서 온 놈일까, 아니면 전혀 다른 놈일까 궁금하군."

이석호는 지금의 상황에서도 긴장하지 않았다. 오히려 그게 누구일지 빨리 만나보고 싶어 하는 눈치였다.

"이선우 씨!"

"……!!!"

두 사람이 주변을 두리번거리며 걷고 있을 때, 조금 앞쪽에서 박한슬의 다급한 목소리가 들렸다. 이선우와 이석호는 그 소리가 들리는 곳으로 서둘러 달렸다.

골목길을 돌아, 또 도로를 따라 뛰면서 목소리가 들린 곳을 향했다. 불과 2~30미터 정도 떨어진 곳에서 들려온 목소리라 느껴졌지만, 막상 목소리가 들린 방향으로 달려가는 두 사람은 꽤 멀리 뛰고 있었다.

쾅!

척!

"괜찮습니까?"

폭발음이 들리고, 곧 두 사람의 앞으로 박한슬이 날아

왔다. 이선우가 그녀를 안으며 물었다.

박한슬은 눈동자를 바르르 떨며 이선우를 보았고, 곧 그의 품에 안겼다.

"두렵다는 눈빛이군. 못 볼 것을 보았든가, 아니면 본 것의 정체가 무섭다는 뜻이겠지."

이석호는 눈빛만으로 그녀가 어떤 상황을 목격했는지를 바로 알아차렸다.

"저 앞쪽인데, 누군지 볼까?"

이석호는 망설이지 않았다. 그는 곧바로 앞쪽으로 향해 움직였다. 이선우는 그녀를 살며시 내려놓은 뒤, 이석호가 움직인 곳을 향해 보았다.

착.

이선우가 이석호의 곁으로 다가가려 할 때, 박한슬이 그의 손을 잡았다.

"이장태입니다."

"……!!!"

이선우는 그 말을 듣고 놀란 눈으로 그녀를 보았다. 이장태면 경영기획실장이다.

그는 과거에 있었다. 미령과 박만돌의 곁에 있었다. 그런 까닭에 그가 어떻게 지금의 시점에 이곳으로 오게 되었는지를 알 수 없었다.

"확실합니까?"

"확실합니다. 그가…… 그가 왜 이곳에 있는지 모릅니다. 어떻게 왔는지도 모릅니다. 하지만 왔습니다. 무섭게…… 더 무섭게 나를 노려보고 있었습니다."

이선우는 떨리는 목소리로 말하는 그녀를 다시 한 번 안아주었다. 박한슬은 두 눈을 바르르 떨면서 그의 품에 안겨들었다.

"실장님, 정말 오랜만입니다."

그리고 이석호는 이장태를 만났다. 전혀 생각지 못한 그를 보는 이석호의 눈빛이 조금은 떨리고 있었지만, 그리 놀란 눈빛은 아니었다.

"생각보다 참 많은 능력을 지녔구나, 이석호. 자살하기 직전의 너를 회사에서 받아주었고, 회사에서 길이 남을 전설로 키웠건만, 이제 무슨 짓인가?"

이장태는 조선 시대 별감의 모습 그대로였다. 복장도 그대로였고, 어투도 그대로였다.

마치 그 시대에 너무나 오래 살아서 자연스레 그 모든 것이 다 몸에 녹아든 사람처럼 보였다.

"그동안 어디 계시나 했는데, 그곳에 계셨습니까? 답답하지 않으셨습니까? 항상 먼 미래로 가서서 호화스러운 생활을 하시다, 고작 조선에서 별감의 자리에 앉아서 생활하시는 것이 말입니다."

이석호는 이장태를 향한 눈빛을 1초도 떨어뜨리지 않은 채 말했다.

"지겨웠지. 하지만 어쩔 수 없었다. 나와 회장님이 하고자 하는 일을 이루려면 이 정도의 지겨움을 충분히 참아야 했다."

이장태는 서서히 그의 앞으로 다가서며 말했다. 그가 앞으로 다가서자 이석호의 발걸음은 자동적으로 뒤로 물러났다.

그만큼 이장태의 힘이 강하다는 뜻이었다.

"한 가지만 묻겠습니다!"

"……."

이장태가 이석호를 향해 다가설 때, 이선우가 큰 소리로 물었다. 그러자 이장태의 시선이 그에게 향하였다.

"이선우 씨…… 정말 대단한 사람이라 생각합니다. 입사하는 시점부터 우리는 당신을 높게 평가했습니다. 그리고 그 평가대로 당신은 모든 임무를 완벽하게 완수하였습니다."

이장태는 이선우를 보며 밝은 표정을 지은 채 말했다. 하지만 그의 밝은 표정은 이선우에게 그리 달갑지 않은 기분을 선사했다.

"물어보십시오. 뭐가 그리 궁금하십니까?"

이장태는 두 손을 벌리며 이선우를 향해 물었다.

"미령 아가씨는…… 괜찮습니까?"

"하하하, 고작 그런 질문을 하고자 나를 보고도 놀라지 않는 것입니까? 정말 대단하시군요."

이장태는 그의 질문을 듣고 어이없다는 표정을 지으며 웃었다. 정말 고작이라는 말이 절로 나올 정도로 형편없는 질문이라 여겼다.

하지만 이선우에게는 정말 중요한 질문이었다.

"다시 묻습니다. 괜찮습니까?"

"네, 괜찮습니다. 내가 그녀의 등에 칼을 꽂았습니다. 나도 바보가 아니기에 그 시대의 그런 여자를 죽여봐야 내가 이득 볼 것이 없다는 것은 잘 알고 있습니다. 다만, 이선우 씨의 마음을 더 악랄하게 만들어 이석호를 치도록 하려 했는데…… 지금 상황을 보니 그 모든 계획은 다 틀어진 모양이군요. 두 사람이 아주 친해 보입니다."

이장태는 이선우를 보다가 다시 이석호를 바라보며 말을 이었다.

"그럼 됐습니다. 그분이 괜찮다고 하니, 이제 당신을 죽여도 될 것 같군요."

순간, 이선우의 눈빛이 변했다. 그리고 어투도 변했다.

"하하…… 하하하…… 하하하하하!"

하지만 그의 말을 들은 이장태는 정말 어이없는 말을 들은 표정으로 웃었다.

"나를 죽여요? 무슨 수로 나를 죽인다는 것입니까? 난 경영기획실장입니다. 경영기획실장에 대해 모르십니까? 회사에서 가장 강한 사람입니다. 나를 이길 수 있는……."

퍽!

"……!!!"

이장태는 이선우의 말에 무시하는 눈빛으로 말하였다. 하지만 그 말이 끝나기도 전에 이장태는 강한 충격을 받으며 한 참을 밀려나 건물 1층 옷가게를 뚫고 들어갔다.

이석호는 눈을 깜빡거리지도 않은 채 건물을 뚫고 날아가 버린 이장태를 본 후, 다시 이선우를 보았다.

이선우는 이장태에 대해 모르지만, 이석호는 그에 대해 잘 알았다. 그렇기에 지금의 상황을 더욱 더 이해하기 힘들었다.

"아직 변화가 없습니까?"

한편, 지하 50층에서는 실장이 이기석을 향해보며 물었다.

아빠는
신입
사원

"네? 아, 네. 아직 아무런 변화도 없네요. 늦은 시간이라 대체적으로 움직임이 없어서 그런 것 같습니다."

이기석은 실장의 질문에 답했다. 하지만 그의 답은 매끄럽지 못했다. 그에 실장의 눈빛이 살짝 변하였다.

"알겠습니다. 더 수고해 주십시오."

"그러지요."

실장은 이상함을 느꼈지만, 다른 말을 하지 않은 채 그대로 다시 실장실로 들어갔고, 소파에 누워 자고 있는 박 팀장을 살짝 흔들어 깨웠다.

박 팀장은 눈을 뜨고도 바로 움직이지 않았다. 그는 실장이 자신을 흔들어 깨우는 것이 조심스러워 보였기에, 자신도 그에 응하는 행동을 하고 있는 중이었다.

"지금 즉시 중앙 모니터에서 뭐가 변경되었는지를 확인해 봐라."

"네? 무슨……."

"아무래도 무언가 변화가 일어난 것 같다. 하지만 이기석 실장이 자세하게 일러주지 않고 있다."

"알겠습니다."

박 팀장은 그의 말을 들은 후, 서서히 일어나 실장실을 나왔다. 그러고는 중앙 모니터를 보기 위하여 다가섰다.

그녀가 나간 후, 실장은 블라인드를 쳐서 실장실 내부

가 보이지 않도록 하였다.

"실장님, 이제는 제가 보겠습니다. 쉬십시오."

"아니네. 조금 더 쉬게. 이곳은 내가 마저 보고 있겠네."

"하지만……."

"이건 명령이네. 더 쉬게나. 내가 피곤해지면 그때는 도와주고 싶어도 도와주지 못하네. 나도 쉬어야 하니 말이야."

이기석은 그녀를 결코 자리에 앉지 못하도록 말렸다.

박 팀장은 그의 말에 미소를 지어주며 곧 다시 실장실로 돌아갔다.

그러고는 실장의 PC로 다가가 앉았다.

블라인드를 쳐두었기에 그녀가 PC에 앉는 것을 이기석은 보지 못했다.

박 팀장은 중앙 모니터에 보이고 있는 영상을 50층의 실장의 모니터에서도 볼 수 있게 컴퓨터를 조작하였다.

"뭔가 변한 것이 있는가?"

실장이 모니터를 보았지만 자세한 것을 알아차리지 못한 듯했다.

"변했습니다."

"무엇인가?"

박 팀장이 모니터를 계속 바라본 후 답했고, 실장이 모니터앞으로 더 다가서며 물었다.

"지금으로부터 약 1시간 전에 시간의 틈이 한 번 더 열렸습니다."

"시간의 틈이? 이석호가 다시 이동한 것인가?"

"아닙니다. 이석호의 신호가 아닙니다."

"이석호가 아니다? 그럼 어디에서 시작된 신호인가?"

실장은 더욱더 궁금증이 증폭되어 모니터 앞으로 머리를 들이밀며 물었다.

"처음 열린 곳은 조선 시대이며, 낮에 이선우 씨가 갔던 그곳에서 다시 열렸습니다."

"뭐? 그곳에서부터 열렸다고? 외부의 어떤 힘이 아니라 그곳에서부터 열렸다면, 그곳에는 이미 우리의 사람이 있었다는 말이 된다. 하지만 이석호는 물론, 이선우 씨와 박한슬도 모두 그곳을 벗어났다. 누가 있었다는 말인가?"

실장은 돌아가는 상황을 이해할 수가 없었다. 모두가 그곳을 벗어났으니 회사의 직원은 아무도 없어야 했다. 하지만 드러난 현실은 누군가 남은 이가 있다는 결론이지만, 아무리 생각해도 그게 누군지 알 수 없었다.

"자세한 것은 알 수 없습니다. 하지만 아직도 시간의 틈이 열려 있습니다."

"그 말은?"

"이쪽에서 갈 수 있다는 말이며, 그쪽에 있는 사람을 이곳으로 소환할 수도 있다는 말입니다."

실장의 눈동자가 떨렸다. 만에 하나 이 의문의 시간의 틈이 지금 이선우와 박한슬이 있는 곳과 연결되어 열린 것이라면, 지금 바로 소환 조치를 하면 두 사람은 이곳으로 돌아올 수 있다는 뜻이었다.

"누군지 모르지만, 당겨볼까요?"

그녀가 실장을 보며 물었다. 하지만 실장은 바로 답하지 않은 채 잠시 생각에 잠겼다.

"임무를 완수하기 전에는 절대 소환을 거절하겠습니다."

그때, 이선우가 한 말이 바로 떠올랐다.

"실장님."

"아니다. 놔둬라. 누가 간 것인지는 모르지만, 그곳에 이선우 씨가 있다면 그가 충분히 해낼 것이다."

실장은 결국 이선우가 한 말에 따르기로 하였다. 마음 같아서는 이선우를 당겨 이곳으로 돌아오게 하고 싶었다. 하지만 그는 그가 한 말을 떠올리며 마음을 돌렸다.

"우리 쪽에서 가면 어떻습니까?"

잠시 조용한 가운데 박 팀장이 말했다. 그러자 실장의 눈썹이 씰룩거렸다.

"우리 쪽에서?"

"네. 저곳에 간 사람이 누군지는 모르지만, 저곳에 이선우 씨가 있다면 이곳에서 그를 도울 수 있지 않겠습니까?"

박 팀장의 말은 충분히 일리가 있었다. 단지, 그곳에 이선우가 있다는 보장이 확실해야 했다. 그렇지 않으면 괜한 움직임으로 인하여 오히려 한 명이 더 갇히는 신세가 되어버릴 수도 있는 노릇이었다.

"이기석 실장의 눈을 피해서 갈 수 있겠나?"

실장은 이미 이기석을 따로 생각하고 있었다. 그것은 조금 전에 일어난 일 때문이다.

분명 변화가 목격되었다. 하지만 그는 거짓말을 하였다. 변화를 그냥 지켜보고 있어야 한다는 것으로밖에 생각할 수 없는 그의 행동이었다.

"저기……."

박 팀장은 실장실 안에 있는 작은 휴게실을 가리켰다. 그곳에는 지금 직원들이 휴식을 취하고 있었다. 그리고 그녀가 그 휴게실을 가리킨 이유는 오직 한 가지였다.

실장은 휴게실 문을 열었다. 그러자 안에서는 피로에 녹초가 되어버린 듯 직원들이 널브러져 누워 자고 있었다.

그리고 그의 눈이 더 뒤로 향했다.

"LED……."

그곳에는 하나의 LED가 있었다. 위기 상황 시 누군가를 소환하고, 또 그 누군가가 있는 곳으로 바로 갈 수 있는 LED였다.

"내가 가겠네. 준비해 두게."

"알겠습니다."

결국 두 사람은 이기석이 알지 못하게 이곳을 빠져나가서 지금 현재 시간의 틈이 열린 곳으로 향하려고 하였다.

실장은 곧 LED 위에 섰다. 그리고 박 팀장이 그를 시간의 틈으로 보내기 위한 프로그램을 작동하였다.

척.

그 순간, 이기석이 자리에서 일어섰다. 그가 일어선 이유는 알 수 없지만, 그는 자리에서 일어나 기지개를 켜고는 몸을 이리저리 꼬았다.

그리고 눈을 돌려 실장실을 보았다.

블라인드가 쳐져 있지만, 전체를 다 덮지 못했기에 박 팀장의 시선과 이기석의 시선이 잠시잠깐 서로 마주하였다.

박 팀장은 깜짝 놀라는 눈을 한 채 그의 시선을 피했다. 하지만 이기석은 그녀의 놀라는 눈빛을 그냥 보아 넘기지 않았다.

그는 중앙 컴퓨터에서 나와 실장실로 천천히 걸어왔다. 아직 실장실 안에서는 50층의 실장을 외부로 보낼 준비가 다 끝나지 않은 상황이었다.

"빨리빨리……."

박 팀장은 초조한 눈빛으로 중얼거렸다. 하지만 그렇다고 프로그램이 빨리 진행되지도 않고, 이기석의 발걸음이 늦춰지지도 않았다.

이내 이기석이 문손잡이를 잡았다.

"100%……."

그 순간, 프로그램도 100%가 되면서 휴게실 안에 있던 LED가 작동을 시작하였고, 그 위에 있던 실장의 모습은 순식간에 사라졌다.

"실장님은 어디 가셨나?"

"네. 안에 들어가서 좀 쉬신다고 하셨습니다."

"그래?"

아슬아슬하였다. 자칫 1초만 늦게 작동되었어도 휴게실 안에서 작동된 LED의 불빛으로 인하여 이기석이 눈치챘을 것이다.

하지만 그 1초 차이로 이기석은 LED가 발동된 것을 알지 못했다.

이기석은 그녀의 말을 듣고 휴게실로 향하였다. 휴게실은 직원들이 쉬고 있는 탓에 혼잡한 상태였다.

삐이이익.

이기석은 문손잡이를 잡아 천천히 열었다. 그러자 오랫동안 열지 않은 문이 열리는 것처럼 삐익, 하는 소리를 내며 문이 열렸다.

"휴……."

이기석은 문이 열리자마자 코를 막으며 인상을 찌푸렸다. 그 안에는 정말 별에별 냄새가 다 나고 있었다.

땀 냄새는 물론이며, 지하실 특유의 냄새까지도 나고 있었다. 하지만 그 상황 속에서도 직원들을 곤히 잠들어 있었다.

"어디쯤에서 자고 계신가?"

이기석은 방을 둘러보다 박 팀장에게 물었다.

"그거야 제가 알 수 없지 않겠습니까? 이 안으로 들어가셔서 쉬신다는 말씀만 하셨는데 어디에 누우셨는지까지 제가 알 길이 없습니다."

당연한 말이었다. 이기석은 자신이 너무 많은 것을 요구한 것 같다는 느낌이 들어 박 팀장을 향해 멋쩍은 미소

아빠는
신입
사원

를 지었다.

"그래, 박 팀장도 조금 더 쉬게. 나머지는 내가 알아서 하겠네."

이기석은 휴게실 문을 닫으며 말하자 박 팀장은 그저 웃으며 고개만 살짝 끄덕거렸다.

"아무래도 내일 아침까지는 별다른 움직임이 없을 것 같으니, 쉬게."

"네, 실장님."

그가 나간 후, 박 팀장은 의자에 털썩 주저앉으며 한숨을 쉬었다. 이기석은 아무것도 알지 못한 채 다시 중앙컴퓨터를 향해 다가갔다.

"참……."

그가 자리에 앉자마자 박 팀장은 뭔가 생각난 듯 서둘러 PC에서 하나의 버튼을 눌렀다.

이기석이 자리에 앉자마자 모니터에서는 하나의 신호가 잠시잠깐 보였다가 이내 사라졌다.

하지만 이기석은 미처 그 신호를 보지 못하였다.

박 팀장이 누른 것은 삭제 버튼이었다. 조금 전 50층의 실장이 LED를 이용하여 어디론가 간 흔적을 중앙 컴퓨터에서 알지 못하도록 삭제한 것이었다.

"이곳은……."

50층의 실장은 시간의 틈으로 왔다. 그는 이선우의 집 앞에 모습을 보였다. 한 번도 와본 적은 없지만, 이선우가 이곳에 살고 있다는 것은 알고 있었다.

실장은 주변을 둘러보았다. 모든 것이 다 멈춰 있는 듯, 사방이 암흑이라는 것을 알 수 있었다.

실장은 고개를 들어 이선우의 집을 보았다.

"역시…… 이곳으로 왔었군."

실장의 눈에는 보였다. 비록 커튼으로 모든 불빛을 다 차단하였지만, 불빛이 커튼을 뚫고 외부로 흘러나오는 것을 느낄 수 있었다.

"이선우 씨…… 기다리십시오."

50층의 실장은 눈을 감으며 말한 뒤, 사방으로 몸을 돌려가며 무언가를 찾는 듯하였다.

"저기군."

그리고 이내 한 방향을 잡아낸 뒤, 그곳으로 쏜살같이 달려가기 시작하였다.

"저놈은 대체 어찌 된 놈이야?"

한편, 이석호와 이선우는 이장태를 상대하고 있었다. 정말 인간이라고는 믿을 수 없을 정도로 화려하고, 빠르며, 강력한 힘을 자랑하는 세 사람이었다.

하지만 이장태는 두 사람의 공격을 너무나 쉽게 막아내고 있었다.

"경영기획실장이라는 타이틀이 그냥 주어지는 것이 아니다. 그리고…… 내가 이루고자 하는 것을 너희들 같은 놈들이 막아서야 되겠는가."

이장태는 그들을 비웃듯 공격을 피하면서 말했다. 이석호는 그를 제대로 공격하지 못하는 상황에 더욱더 화가 치밀어 오르고 있었다.

"비켜라!"

"……!!!"

퍽!

그 순간, 50층 실장의 목소리가 들려오며 세 사람의 시선이 그를 향해 돌아설 때, 실장의 주먹이 정확하게 이장태의 면상을 제대로 가격하며 그를 날려 버렸다.

두 사람은 놀란 눈으로 그를 보았다. 평범하게 생각하면 지금 상황에서 그가 내려쳐야 할 사람은 이장태가 아니라 이석호였다. 하지만 그는 이장태를 쳤다.

"뒤로 물러나십시오, 이선우 씨."

실장이 이선우를 보며 말했다. 하지만 이선우는 그리 쉽게 물러날 수 없었다. 아직 미령을 찌른 그에게 복수를 하지 못한 것이다.

"뒤로 물러나 계십시오. 자세한 이야기는 이 순간을 넘기고 듣도록 하겠습니다."

실장은 두 주먹을 꽉 쥐며 말한 뒤, 다시 전방을 보았다. 그와 동시에 그의 신형이 순식간에 그곳에서 사라지면서 전방 약 100미터 앞쪽에서 다시 번쩍거림이 일어났다.

"말이…… 안 나오는군."

이석호는 자신의 눈을 의심했다. 그는 이장태를 제외하고는 자신이 최강이라 여겼다. 하지만 아니었다. 이장태는 물론, 지금 자신의 눈앞에서 현란한 움직임을 보여주고 있는 50층의 실장은 정말 신처럼 보이고 있었다.

"이선우 씨, 괜찮으세요?"

곧 기운을 차린 박한슬이 그의 곁으로 와서 물었다.

"네, 괜찮습니다. 그런데 실장님께서 어떻게 이곳까지 오게 되었는지가 궁금합니다."

이선우는 그녀를 보며 물었다.

"뻔하지. 시간의 틈을 이용하여 이장태가 들어왔고, 실장은 그 틈을 이용하여 사무실에 이곳으로 바로 날아온 것이지. 얼마 전…… 너희들이 나를 따라 2211년으로 온 것처럼 말이야."

아빠는
신입
사원

이석호가 설명하니 바로 이해가 갔다.

"그렇다면 지금까지 실장님은 계속하여 그 신호를 찾고 있었다는 말입니까?"

"그랬겠지. 그렇지 않고서야 이 신호를 잡아낼 수 있을 리가 없으니 말이야."

이석호는 이선우의 질문에 정확한 답을 주었다. 그러고 는 다시 시선을 돌려 전방을 바라보았다.

어둠 속에서 뭔가 번쩍거리는 것이 보일 뿐, 그 어떤 것도 보이지 않았다.

"가봐야 하지 않겠나."

"아니…… 기다리겠어."

이석호가 가려 했지만 이선우는 움직이지 않았다. 그 자리에 서서 그저 번쩍거리는 것을 보고만 있었다.

약 5분이 지났다. 이제 더 이상 번쩍거림은 일어나지 않았다.

"자, 이제 결론이 난 모양인데…… 누가 살았을까? 만 약 이장태가 살았다면 우린 그냥 다 죽는 것이다. 반대로 50층의 실장이 살았다면 그의 질문 공세에 대한 답을 준 비해야 할 것이다. 즉, 어느 쪽이 살아남았다 해도 난 피 곤하겠지."

이석호가 전방을 주시하며 말했다.

그리고 약 3분 후, 어둠 속에서 희미하게 사람의 모습이 보이기 시작하였다.

"입 운동을 해두어야겠군."

이석호가 말했다. 그의 말은 이장태가 잡히고, 실장이 살아남았다는 뜻이었다.

아니나 다를까, 곧 실장은 이장태의 목덜미를 잡아 질질 끌며 모두의 앞에 모습을 보였다.

"이석호."

"네? 아, 네. 실장님."

"……."

이석호의 행동을 보며 이선우는 의아한 눈으로 그를 보았다. 지금까지 그렇게 당차게 나오던 그가 마치 고양이 앞의 생쥐처럼 똑바로 선 자세로 답하고 있었다.

"이장태를 어느 한 곳의 틈에 묶어둬라."

"네? 아… 네, 알겠습니다."

또다시 말을 더듬거리며 답한 이석호는 이장태의 앞으로 다가간 뒤 그의 손을 잡았다. 그러고는 인상을 찌푸리면서 잡은 손에 힘을 줘 그를 하늘 높이 던졌다.

팟!

"……!!!"

이선우로서는 처음 보는 괴사였다. 사람이 바로 앞에서

사라졌다. 분명 이장태를 잡아 하늘을 향해 들어 올리는 것을 보았다. 하지만 그가 이석호의 머리 위를 지나쳐 갈 때, 마치 다른 곳으로 빨려 들어간 것처럼 순식간에 사라져 버리는 게 아닌가.

"걱정하지 마십시오. 이장태는 이제 내가 아니면 그 어떤 누구도 찾지 못합니다."

이석호가 50층의 실장을 보며 말했다. 그러거나 말거나 실장은 이선우를 보았다.

"고생하셨습니다."

"네? 하지만 아직 끝난 것이 아닙니다. 고생했다는 말을 벌써 듣고 싶지는 않네요."

이선우는 그를 보는 눈빛을 평소와는 달리했다. 이는 이석호의 말을 듣고 난 뒤부터 생겨난 변화였다. 이석호는 이선우에게 50층의 실장에 대한 의문을 던져 놓았다.

그 후부터 이선우는 많은 의문을 가지게 되었다.

"우선 앉아서 이야기할 곳을 찾을까?"

50층의 실장은 이석호를 보며 말했다. 그러자 그는 곧바로 고깃집으로 그를 데리고 갔다. 이선우와 그의 가족이 외식을 한, 바로 그 집이었다.

"어서 오세요."

벌써 세 번째다. 하지만 그 세 번 모두 이 아가씨는 이선우를 처음 본 것처럼 대했다. 물론 아직도 시간은 되풀이되고 있는 중이었다.

비록 이장태는 사라졌지만, 그가 들어오면서 닫지 않은 시간의 틈으로 인하여 현재 이곳에 있는 이들의 시간은 계속하여 되풀이가 되고 있는 현상이었다.

"언제까지 이렇게 되는 것입니까?"

이선우는 이곳에 있는 자신의 가족이 걱정되어 물었다.

"사실 이런 현상은 자주 일어나지 않습니다. 시간의 틈을 통해 이동하자마자 문은 바로 닫히게 되어 있습니다. 하지만 이장태는 이곳으로 오면서 뭔가 다른 수를 쓴 것 같습니다. 꼭…… 자신이 이 일에 대해 실패할 것을 알고 누군가가 이곳으로 와서 마저 해결해 주기를 바라는 것처럼 말입니다."

50층의 실장이 이선우의 질문에 대해 답했다. 이선우는 그의 말을 들은 후, 다시 주방에 있는 사장과 그의 딸을 보았다.

보면 볼수록 닮지 않았지만, 분명 부녀라는 것을 증명하였다.

네 사람은 자리에 앉았다. 이 식당 외에는 그 어떤 곳도 아직 문을 연 곳이 없었다.

아빠는
신입
사원

50층의 실장은 고기를 넉넉하게 주문했다. 이석호는 고기가 나오자 입가에 미소를 지으며 먹기 시작하였다.

"궁금한 것이 있습니다."

이선우는 고기를 먹지 않은 채 실장을 보며 물었다.

"말씀하십시오."

실장은 이선우를 보며 말했다.

"이석호에게 들었습니다. 이 모든 일에는 많은 비밀이 숨겨져 있다고 하였습니다. 그중에서 실장님 이름에 대한 것도 있습니다. 모두가 이름을 밝혔는데도 유독 실장님만은 그냥 50층의 실장입니다. 어떻게 된 일입니까?"

이선우로서는 그에 대해 꼭 알아야 할 문제였다.

"이석호가 말하던가요? 의심을 해야 할 사람으로 나를 지목한 것 말입니다."

"네, 그리 말했습니다. 그리고 자신은 피해자이며, 자신을 버린 모두에게 복수를 해야 한다고 하였습니다. 그 모든 것이…… 사실입니까?"

이선우는 이석호에게 들었던 모든 일에 대한 진실을 알고 싶었다. 그리고 그 답은 자신이 이 회사에서 가장 존경하는 50층의 실장에게 듣고 싶었다.

자신을 이곳으로 오게 만들었고, 자신에게 전혀 다른 새로운 경험을 하게 해준 사람인 그에게서 진실을 듣고 싶었다.

실장은 잠시 침묵으로 일관했다.

"여기 소주 한 병 주시오."

그러다 술을 주문했다. 여인은 그 즉시 소주를 가져다주었다.

술잔에 채운 술을 단숨에 들이켠 실장은 세 사람을 보았다.

"난…… 지금 이 조합이 형성될 것이라고는 생각지도 못하였습니다."

"무슨 말입니까?"

그가 한 말에 이선우는 바로 이유를 물었다.

"이선우 씨, 당신은 나뿐만 아니라 회장님께서 거는 기대가 아주 컸던 사람입니다. 그리고 당신에게 특별히 무언가를 주문하려고 하였습니다."

"특별한 것을 주문한다? 모르겠습니다. 난 회장에 대해서도 잘 알지 못합니다. 그러니 지금은 내가 궁금해하는 것부터 말씀해 주십시오."

이선우는 회장에 관해서는 아직 궁금한 것이 없었다. 단지 지금 이 일이 일어나게 된 이유를 듣고 싶었다.

"이석호는 추방자입니다."

"……."

실장이 다시 입을 열어 이석호를 보며 말하자, 이석호는 고개를 숙였다.

"버림받았다고 들었습니다. 버려진 것과 추방된 것은 아주 큰 차이가 있습니다."

"네, 분명한 차이가 있습니다. 이석호가 이선우 씨에게 무슨 말을 했는지는 모르겠지만, 그는 추방자입니다. 우리가 버린 것이 아니라, 중죄를 저질러 추방된 사람입니다."

이선우는 그의 말을 듣고 이석호를 보았다. 만약 그의 말이 거짓이라면 지금 당장 이석호가 반문을 할 것이었다.

하지만 그는 아무런 말 없이 고개만 숙이고 있었다.

"사실이군."

이선우는 나지막한 목소리로 말했다.

"사실입니다. 내가 되도록 이 사람은 만나고 싶지 않았는데, 이렇게 만나게 되니 거짓말은 할 수 없겠군요."

이석호는 고개를 들지 못한 채, 이선우에게 말을 높이며 답했다.

"왜 거짓말을 했나? 난 너의 말을 듣고, 너를 잡는 것을 포기하였다. 그리고 진실을 알고 싶어서 이 회사를 다 엎어버리려 했다. 그런데……."

"이석호가 어디까지 말을 했는지는 모르겠지만, 그가

한 말 중에 일정 부분은 진실이 있는 것 같습니다."

이선우의 말이 끝나기 전에 실장이 다시 말을 이었다. 그러자 이선우의 시선이 그에게로 향하였다.

"진실이 있다는 것은 무엇으로 확인한 것입니까?"

이제 이선우의 어투도 꽤 날카롭게 변해 버린 뒤였다. 온통 거짓이 난무하니, 더 이상 믿을 만한 말을 듣기란 쉽지 않을 것이라 생각했다.

"회사를 엎어버린 다는 말, 그 말을 조금 전 이선우 씨가 하였습니다."

"네, 분명 내가 하였습니다."

"그러니 진실이 있다는 말을 한 것입니다. 나와 회장님이 당신에게 원했던 것. 그건 바로 마지막 임무로 이 회사의 몰락을 의뢰하려 한 것입니다."

"……!!!"

이선우는 놀란 눈을 하였다. 박한슬 역시 놀란 눈으로 실장을 보았다. 하지만 이석호는 그리 놀라는 눈이 아니었다.

"무슨 말입니까? 회사의 몰락을 의뢰하려 했다니요? 그럼 설마……."

"네. 당신에게는 충분히 그럴 만한 힘이 있다고 여겼습니다. 모두가 같은 약을 복용하고, 같은 교육 절차를 받고, 같은 임무를 수행했습니다. 그런데 당신은 월등히 뛰어난 평가를 보여주었습니다."

실장은 이선우를 보며 말한 뒤, 다시 소주 한 잔을 마셨다.

"우리는 이 회사의 마지막을 보려 하였습니다."

"우리가 누구입니까?"

실장의 말에 이선우가 바로 물었다.

"회장님과 나, 그리고 50층의 사람들."

"50층의 사람이라면, 박 팀장과 함께 그곳에 있는 모든 직원을 말하는 것입니까?"

"네, 그렇습니다. 그 모두가 이 잘못된 상황을 끝내려 하였습니다."

실장은 다시 소주를 채웠다. 그러고는 다시 잔을 비우며 이선우와 박한슬, 그리고 이석호를 보았다.

"그런데 문제가 생겼습니다. 우리가 진행하려던 몰락 의뢰를 경영기획실장이 반박하였습니다. 그리고 그가 세력을 키워 회장을 감금하고, 회장의 손발이 되어주었던 사람들을 묶어두기 시작하였습니다."

이선우는 그가 하는 말을 쉽게 이해할 수 없었다. 회장의 권력은 가늠하기조차 힘들다고 하였다. 그리고 미래의 어떤 시점으로 가면 누구도 찾을 수 없을 정도로 꽁꽁 숨어버릴 수도 있다고 하였다.

그런데 그를 찾아내고 그의 수족을 모두 처리했다는 말을 하고 있는 실장이었다.

"회사 내에서도…… 이장태의 사람이 많았습니까?"

이선우는 말을 돌리지 않고 바로 물었다.

"네. 하지만 정확히 누가 그의 사람인지는 알 수 없었습니다. 그래서 우리는 계획을 진행할 수 없었습니다."

실장은 이선우에게 진실을 말하고 있었다. 이선우도 그의 말을 믿고 싶었다. 아니, 믿어야만 했다. 그래야 뭔가 답을 만들어낼 수 있을 것이라 여겼다.

"회장님과 나, 그리고 서강수. 이렇게 세 사람은 확실히 임무를 수행하기 위하여 모든 것을 준비했습니다."

이어진 실장의 말에 이선우는 자신이 39층으로 가게 된 이유를 그제야 알게 되었다. 39층의 실장이 바로 서강수였다.

그로 하여금 한 단계 더 업그레이드된 힘을 발휘하면서 임무를 수행하도록 만든 것이다.

"하지만 문제는 다른 곳에서 터졌습니다. 이장태가 회장님을 어딘가에 묶어두고 모든 권력을 장악했습니다. 그리고 그는 시간의 틈을 이용하여 계속하여 시간을 반복시키면서 누군가를 기다렸습니다."

마침내 이선우는 이장태가 그리 오랫동안 과거에서 지낸 이유를 듣게 되었다.

"누구를 기다린 것입니까?"

이선우는 눈동자를 미세하게 떨며 물었다.

"바로 이선우 씨, 당신을 기다리고 있었습니다."

"……!!!"

이선우의 눈이 휘둥그레졌다. 자신을 기다리고 있었다는 것은 자신이 그곳에 올 것을 알고 있었다는 말과도 같았다.

"이장태가 이 회사를 무너뜨릴 수 있는 사람으로 가장 처음에 지목한 사람이 바로 이석호였습니다."

"네? 이석호를 지목했다는 말은……."

"지금은 추방자 신세인 그지만, 결국 그를 추방시킨 사람이 바로 이장태였습니다."

이석호가 억울해할 만도 하였다. 결국 자신을 잡을 수 있는 사람을 먼저 쳐내야 했던 이장태는 정당한 방법으로 그를 쳐 내기 위하여 중죄를 씌워 추방자로 낙인찍은 것이란 말이었다.

이석호는 다시 고개를 숙였다. 그리고 두 주먹을 꽉 쥐었다.

"내가…… 내가 아무리 강하다고 해도 있지도 않은 죄

를 만들어 추방하는 것은 절대 용서할 수 없었다."

이석호는 주먹 쥔 손을 풀지 않은 채 이까지 꽉 깨물고 말했다.

"이석호를 추방했으니 당분간 회사의 몰락을 가져올 사람은 없다고 생각한 이장태는 회장과 함께 느긋하게 과거와 미래를 오가며 살아왔습니다."

"이선우 씨가 나타나기 전까지겠죠."

실장의 말이 끝나자마자 박한슬이 말했다.

실장이 고개를 끄덕거렸다.

"이선우 씨가 입사하면서 그는 또다시 이석호처럼 추방할 방법을 생각하려 하였지만, 그러지 못했습니다."

"첫 번째 이유는 바로 당신이 나를 데리고 왔고, 당신이 나에게 임무를 주었으며, 곧바로 다음 단계로 서강수 실장에게 나를 보냈으니, 그가 손을 쓸 방도가 없었겠죠."

"네, 맞습니다."

이선우도 이제는 어느 정도 정황이 이해되었다. 비록 이장태에 대해 아는 것은 없지만, 그는 이미 이선우가 입사하는 시점부터 그를 추방할 방도를 모색하고 있었다는 말이었다.

"정리를 해보겠습니다."

실장은 다시 소주 한 잔을 마시며 말했다. 여러 가지로 너무 퍼져 있기에 한곳으로 모아 정리를 하는 것이 중요했다.

"회장과 나는 회사를 몰락시키려 합니다. 이유는 잠시 후에 말씀드리겠습니다. 그리고 회사를 몰락시키기 위해서는 정말 강한 직원이 필요했습니다. 그 첫 번째가 이석호였고, 두 번째가 이선우 씨입니다."

그 부분까지는 이해가 쉬웠다.

"다음으로 회장님은 이 사실을 비밀리에 진행했지만, 이장태가 역모의 중심에 서서 암암리에 하나둘씩 일을 진행하면서 결국 우리가 끌려가는 신세가 되었습니다."

그 부분도 이해가 갔다. 지금 현재를 말하고 있는 것이었다.

마태호가 회사를 장악하였고, 지하 50층에 반박하는 사람을 몰아넣은 것과 같았다.

"그럼 지금 50층에 있는 사람들이 모두 이장태에게 반기를 든……."

"아닙니다. 모두는 아닙니다. 나도 그곳에 있는 사람은 모두 이장태를 치고 회장님을 돕는 사람일 것이라 생각했습니다. 하지만 시간이 지날수록 의심되는 부분이 많았습니다."

이선우는 50층에 갇힌 사람들이 아군이라 여겼다. 하

지만 이어지는 실장의 말은 그렇지 않다는 것이었다.

"우선 이혜령이 이장태를 몰라본 것. 그것만으로도 이혜령은 이장태의 사람입니다. 하지만 설서빈과 장태광에 대해서는 아직 아는 것이 없습니다. 그리고 이기석 실장. 지상 4층을 관장하는 실장인 만큼 그의 힘은 굉장히 강합니다. 하지만 그는 적극적으로 이장태를 막을 생각을 하지 않습니다. 그런 면에서 볼 때는 그 역시 이장태의 사람이라 볼 수 있습니다."

박한슬은 그 외에 여러 실장들을 떠올렸다. 하지만 아무리 생각하고 또 생각해 봐도 누가 아군이며 적군인지는 알 수 없었다.

"이석호에 의해 사망한 채 넘어온 민석훈 실장과 서강수 실장. 사실 전 이들이 죽었다고는 생각하지 않습니다."

실장은 사실 그들이 시체로 돌아왔을 때, 굉장히 놀란 눈을 하였다. 하지만 지금은 그들의 죽음을 믿지 않는다는 말을 하였다.

"이유는요?"

"그를 죽인 사람이 이석호라면…… 내가 생각하는 그 이석호가 맞다면, 자신에게 도움이 될 사람을 그리 쉽게 죽이지 않을 것이라 생각했기 때문입니다."

실장은 이유를 말하며 이석호를 바라보았다. 그리고 이

석호는 고개를 끄덕거렸다.

"맞습니다. 그들은 시간의 틈의 시간 변경 방법으로 다시 살릴 수 있습니다. 이선우 씨가 미령의 등에 칼이 꽂히는 것을 다시 본 것과 같은 방법으로 말입니다."

이석호가 설명을 곁들이니 이해할 수 있었다.

"그냥 길게 늘려서 말하지 맙시다. 시간도 없고 하니, 그냥 잡아야 할 놈을 잡고 마무리합시다."

왠지 실장이 말을 길게 하는 듯한 느낌이었다. 하지만 사실 실장은 이선우가 이해하기 편하게 하도록 설명을 늘려서 한 것뿐이었다.

이석호가 실장 앞에 있는 소주병을 들어 자신의 잔에 채운 뒤 단번에 마시며 말했다.

"네, 그렇게 해주십시오. 지금은 이 상황을 빨리 바로잡는 것이 우선인 것 같습니다. 불필요하게 피해 보는 사람들이 너무도 많습니다."

이선우도 이석호의 말에 동의했다. 그가 말한 피해 보는 사람. 지금 이 고깃집도 피해를 보고 있는 것 중에 하나였다. 이들은 계속하여 반복되는 시간으로 인하여 몸만 피곤해질 것이다.

"그럼 바로 말하겠습니다. 우선 이장태는 시간의 틈에 가둬두었으니 신경 쓰지 않겠습니다. 그리고 회사를 장악한 마태호 부장은 그가 당분간 회사를 장악하고 있다고 착각에 빠져 있는 그대로 놔두겠습니다."

"네? 이유가 무엇입니까?"

그 이유를 알 수 없었기에 박한슬이 물었다.

"그가 중앙 통제실을 잡아두고 있어야 지금 50층에 있는 사람들이 그대로 묶여 있을 수 있습니다. 비록 아군도 있겠지만, 적군도 함께 묶어둘 수 있으니, 이 상태는 유지하겠습니다."

충분히 이해할 수 있었다. 아군을 살리면서 적군까지 묶어둘 수 있는 최고의 방법이었다.

"그럼 이제 누굴 잡으면 되는 것입니까?"

이장태를 잡아두었으니 이제 큰 문제가 될 사람이 없었다. 그러니 한시라도 빨리 잡아야 할 사람을 잡고, 일을 마무리하는 것이 현명한 방법이었기에 이선우가 물었다.

"우리가 잡아야 할 사람은……."

실장이 말을 하다 말고 말끝을 흐렸다. 그리고 남은 술을 모두 잔에 따라 단번에 마신 후, 세 명을 고루 보았다.

"회장님입니다."

"……!!!"

그의 답은 황당하기도 하고, 또 놀랍기도 하였다. 회장은 지금 이 회사를 몰락시키기 위하여 노력하고 있다고

아빠는
신입
사원

하였다. 단지 이장태에 의해 어딘가에 감금되어 있을 뿐.

하지만 몰락을 의뢰한 사람을 잡아야 한다니, 이해하기가 쉽지 않았다.

"실장님은 우리에게 회장님이 이 회사를 몰락시키려 한다고 하였습니다. 그 말은 우리가 해야 할 일을 의뢰한 사람이라는 말입니다. 그런데 왜……."

"이 회사의 몰락은…… 회장의 죽음으로써 이루어지는 것입니다."

"……!!!"

전혀 예상치도 못한 결론이었다. 회장이 죽으면 이 회사가 사라진다는 말이었다. 그 이유는 알 수 없지만, 회장이 죽어야만이 마지막 임무가 끝난다는 말과 같았다.

"이유가 있겠지만, 이해하기 힘드네요. 왜 회장님을……."

"그 이유도 차후에 다시 알려드리겠습니다."

"그런데 회장님이 어디에 있는지 알 수 없지 않습니까?"

박한슬이 물었다. 회장을 찾는 것이 우선이었다. 하지만 그는 이장태에 의해 감금되어 있는 상황이라고 하였다. 그러니 회장의 위치를 알 수 없기에 난처하였다.

"사실 난 나를 추방시킨 이장태를 잡고, 그리고 실장님에게 복귀를 의뢰하려고 했습니다. 회장님을 찾아 이 회사를 몰락시키려는 생각은 없었는데……."

이석호는 실장을 보며 말했다.

"복귀작이 은퇴작이 되겠군. 마무리 잘해라, 이석호."

불과 삼 일 전까지는 이석호를 잡기 위하여 눈에 불을 켜고 다녔다. 하지만 숨겨진 내막을 모두 알게 된 후에는 이석호를 잡는 것이 아니라, 이석호의 도움이 필요하게 되었다.

"그나저나 회장님은……."

"회장님이 어디에 계신지 알 것 같습니다."

다시 한 번 박한슬이 말을 할 때, 이선우가 뭔가 생각나는 것이 있는 듯 말했고, 세 사람은 그를 보았다.

"어디라고 생각하십니까?"

실장이 물었다.

"이장태가 오랫동안 나를 기다렸던 곳, 나를 기다리면서도 회장을 감시할 수 있었던 곳. 바로 조선 시대의 청주 관아입니다."

이선우의 말을 듣고 모두가 그를 빤히 보았다. 나름 일리가 있는 말이었다. 아니, 그것이 정답이라 생각하였다. 그렇지 않고서야 이장태가 두 가지 일 모두를 한꺼번에 처리할 곳은 없었다.

"이석호, 그곳으로 우리를 보내라."

"식은 죽 먹기입니다. 준비하십시오. 바로 움직이겠습니다."

이럴 때는 이석호의 도움이 최고였다. 보통 때 같으면 사무실로 돌아가 다시 LED를 이용하여 그 시대로 가야 했다. 하지만 지금은 아니었다.

이석호가 시간의 틈을 열수 있으니, 이곳에서 바로 그 시대로 갈 수 있었다.

"자네들 세 명이서 가서 해결하게. 난 여기에 남아 있겠네."

"네? 그게 무슨 말씀이십니까? 여기에 계시겠다뇨?"

모두가 시간의 틈으로 들어가려 할 때, 실장은 자리에서 앉은 채 말했고, 그의 말을 이해하지 못한 세 사람이 동시에 물었다.

"이곳에서 이석호가 시간의 틈을 열면 지금 현실 세계의 사무실에서 중앙 컴퓨터를 보고 있는 이기석이 알 것입니다. 그렇게 되면 이기석도 함께 움직이게 됩니다."

실장의 말에 이선우는 이석호를 보았다.

그는 그 말이 맞다는 듯 고개를 끄덕거렸다.

"그럼 여기서……."

"난 여기서 이기석을 기다리겠습니다. 이기석이 그곳으

로 가려면 여기를 거쳐 가야 합니다. 그러니 여기서 그를 기다려 그의 생각을 확실히 알아보겠습니다."

실장은 이기석을 맞이하기 위하여 머물겠다는 의사를 표시했다. 그리고 지금 벌어지고 있는 사태에 대한 결론은 이선우와 이석호, 그리고 박한슬에게 넘기기로 하였다.

"어서 움직이십시오."

실장이 고기 한 점을 집어 먹으며 말했다.

"여기 소주 한 병 더 주시오."

실장은 소주를 다시 주문하였고, 자리에서 일어선 세 명을 고루 보았다.

"마지막 임무는 무보수입니다. 그리고 마지막 임무를 완수하고 난 뒤에는 자동적으로 퇴사 처리됨을 여기서 알려드리겠습니다."

실장은 소주병을 들어 세 명에게 한 잔씩 따라 주었다. 그런 뒤, 자신도 잔을 채워 건배한 후 단숨에 마셨다.

"다른 어떤 곳에서 서로를 볼 수 있을지는 모르겠습니다. 하지만 그때는 이런 추억이 없을 것입니다. 그래도 서운해하지 마십시오. 머리는 기억하지 못해도 마음만은 아마 기억하고 있지 않겠습니까?"

실장이 세 사람을 보며 말했다.

이선우는 아무런 말이 없었다. 새로운 직장을 찾았고,

마음에도 들었다. 하지만 3개월 만에 퇴사하게 되었다.

"실장님의 이름을 알고 싶습니다."

이선우가 그를 보며 물었다.

그러자 다른 두 사람도 그의 이름이 궁금했는지 그를 보았다.

"문창훈입니다. 그리고 보니 참 오랫동안 제 이름을 숨기고 살아왔네요."

실장은 처음으로 자신의 이름을 말했다. 그리고 홀로 자리에 앉아 소주를 마시며 고기를 집어 먹기 시작하였다.

"우린 이만 가죠."

이석호가 이선우를 보며 말했다. 이선우도 이 모든 일을 빨리 끝내고 싶었다. 이석호의 말에 고개를 끄덕거리며 홀로 술을 마시고 있는 실장을 보았다.

팟!

어느새 눈앞이 하얗게 변한 후, 이선우 일행은 청주 관아를 정면에 두고 서 있었다.

이선우는 그 즉시 관아를 향해 걷기 시작하였다.

"잠시만……."

그가 무작정 안으로 들어서려 할 때, 이석호가 그의 손을 잡아 멈춰 세웠다.

"서둘러 끝낸다."

하지만 이선우는 그의 손을 뿌리치고 다시 안으로 들어섰다.

"왜 이선우 씨의 손을 잡은 것인가요?"

박한슬이 이석호에게 물었다.

"이곳은 조선 시대입니다. 우린 호패도 없고, 신분을 증명할 아무것도 없는데 지금 관아로 그냥 들어서고 있습니다. 그냥 나 잡아가라고 머리를 들이미는 것과 다를 것이 없습니다."

이석호는 보통의 경우를 말했다. 하지만 이선우는 다른 생각이 있었다. 바로 박세돌이었다.

자신이 다시 찾아왔을 때, 비록 박만돌이란 개명된 이름으로 그를 불렀지만, 이제는 다시 그의 본 이름을 불러 주고 싶었다.

"웬 놈이냐?"

이선우가 관아에 들어서자 포졸들이 그를 정문부터 막아 세웠다.

"난 이선우란 사람입니다. 이곳에 있는 박만돌… 아니, 박세돌 영감을 뵈러 왔습니다."

"박세돌? 박세돌이 누구야? 설마 박만돌 영감을 말하는 것인가?"

이선우의 말을 듣고도 누구를 칭하는지 알 수 없던 포졸은 이름을 다시 말했다.

"어서 고하라!"

포졸들이 이름 때문에 계속 묻자 이선우는 버럭 소리쳤고, 그의 목소리가 얼마나 컸는지 동헌에 있던 박세돌이 창을 통해 그를 보았다.

박세돌은 그를 보자마자 곧바로 뛰어 나와 정문으로 향하였다.

"창을 거두어라."

박세돌의 말에 포졸들이 창을 거두었고, 이선우는 그의 앞으로 다가가 섰다.

"미안하네. 내가 자네를 잘못 보았네. 자네는 박만돌이 아니라, 내 벗인 박세돌이네. 미안하네."

이선우는 그의 본 이름을 말해주었다. 그러자 박세돌은 아무런 말 없이 그를 안아주었다.

"박세돌이면 어떻고, 박만돌이면 어떤가. 내 벗이 나를 잊지 않고 나를 기억해 주는 것만으로도 행복한 것 아닌가."

박세돌은 그를 안은 채 말했다.

"그보다… 미령 아가씨는……."

"걱정하지 말게. 나도 깜짝 놀랐지만, 자세히 살펴보니 단검이 많이 비켜갔더군. 그래서 약간의 긁힌 자국이 전부였네."

이선우는 그 순간을 떠올렸다.

분명 칼에 찔렸다.

칼이 박혔다.

하지만 고작 긁힌 자국뿐이라니, 믿을 수 없었다.

"설마······."

그러다 생각나는 것이 있어 고개를 돌려 이석호를 보았다. 이석호는 그 모든 것을 다 바꿀 수 있다고 하였다.

"안으로 들어가게. 자네를 보니 오랜만에 탁주를 마시고 싶네."

"미안하네. 지금은 내가 긴히 해야 할 일이 있네."

"일? 아직도 그 살인자를 찾고 있는 것인가?"

박세돌은 그의 말에 이석호를 빗대어 말했다.

"아니. 그 친구는 살인자가 아니었네. 내가 잘못 알았어."

이선우는 이석호에 대한 잘못된 판단을 그에게 알려주었다.

"그래? 잘되었군. 사실 나도 자네를 만나면 그 말을 해주려 하였네. 우리도 그가 살인자라 여겼는데, 진범이 잡혔네. 그는 살인범이 아니었어."

박세돌이 이선우를 보며 말했다.

그러자 이선우는 다시 이석호를 보았다. 이 순간도 이미 그가 다 시간을 돌려놓은 것이었다.

"들어가세. 가서 탁주 한잔하게나."

이곳의 세계에서도 이석호의 죄명은 무죄가 되었다. 다행이지만, 지금은 그보다 더 중요한 일이 있었다. 바로 회장을 찾는 것이었다.

"내가 찾아야 할 사람이 있네. 그 사람이 이곳 관아에 있는 것 같아서 말이야. 둘러봐도 되겠나?"

이선우는 박세돌에게 부탁했다.

박세돌은 기꺼이 허락하였다.

이선우는 박한슬과 이석호를 불러 관아 안을 둘러보기 시작하였다. 만약 이 시대에서 이석호의 누명이 벗겨지지 않았다면, 그가 이리 활보하고 다니지는 못했을 것이다.

하지만 결론적으로 이 모든 것은 결국 이석호가 만들었다가 지운 상황이기도 하였다.

"난 옥 안을 둘러보겠습니다."

이석호는 옥을 보기 위하여 움직였다.

박한슬과 이선우는 박세돌과 함께 동원을 돌아 향청으로 향하였다.

동헌은 관아의 수장이 업무를 보고 있지만, 현재는 박

세돌이 있는 곳이기에 따로 둘러보지 않아도 되었다.

그리고 이선우가 향청으로 향하는 이유는 이장태 때문이었다. 이장태는 별감이었다. 별감은 향청을 근무지로 썼다. 그리고 그곳에는 좌수도 함께 있었다.

"이보게, 찾는 사람이 누구인가? 내가 알면 도와주겠네."

박세돌이 이선우에게 물었다.

"아니네. 내가 찾아야 할 일이네. 자네는 자네 업무를 보고 있게. 나랏일 하는 자네에게 내 개인적인 일에 시간을 허비하도록 하고 싶지 않네."

이선우는 박세돌을 다시 동헌으로 보내려 하였다. 하지만 박세돌은 오랜만에 만난 벗에게서 그리 쉽게 떨어지려 하지 않았다.

"이쪽으로 오게. 향청에는 지금 좌수가 있네. 좌수의 성격은 별감과 상반되는데, 별감이 갑자기 자취를 감추는 바람에 좌수가 향청을 장악하고 앉아 있네. 성격이 괴팍하다고 하니 그냥 피해 가게."

박세돌의 말에 이선우는 향청의 안을 보았다.

그곳에는 한 사내가 등을 돌린 채 앉아 있었다.

"아니네. 향청에 있는 좌수를 만나봐야겠네."

이선우는 향청으로 들어서며 말했다.

아빠는
신입
사원

박세돌은 한사코 말렸지만, 어쩔 수 없이 그가 안으로 들어가니 괴팍한 죄수를 불러낼 수밖에 없었다.

죄수는 박세돌이 부르니 나올 수밖에 없었다.

그리고 세 사람은 죄수를 보았다.

하지만 그는 회장이 아니었다. 그저 박세돌의 말처럼 괴팍하게 생긴 사내였다.

"나를 보자고 하셨소? 나를 매일같이 봐야 한다는 별감은 어디 가고, 오늘은 처음 보는 사람들이 왔소?"

죄수는 이선우와 이석호, 박한슬을 보며 물었다.

그러자 이선우의 눈빛이 번쩍거렸다.

그가 한 말 중에 힌트가 있었다. 바로 매일같이 보자는 별감이라는 말이었다. 별감은 매일같이 죄수를 보기 위하여 왔다고 하였다.

하지만 얼마 전에 죄수가 별감을 찾는데 이장태가 굳은 표정을 하였었다.

이석호는 이선우에게 눈짓을 주었다. 그러자 이선우가 박세돌을 데리고 향청을 내려왔다.

박한슬도 서로의 눈빛을 이해한 듯, 중간에 서서 양쪽을 보았다. 이선우가 박세돌의 시선을 돌릴 때, 이석호가 죄수의 신분을 제대로 확인하겠다는 의미였다.

"죄수 영감, 나를 보시오."

이선우가 박세돌을 데리고 나간 뒤, 이석호가 좌수를
보며 말했다.

좌수는 눈빛을 떨며 그를 보았다.

"빙고."

이석호의 입가에 미소가 생겨나고 있었다.

"마치 나를 기다리고 있었던 것 같군."

한편, 현실 세계의 다른 시간의 틈에서 자신을 기다리
고 있던 문창훈을 본 이기석이 그의 앞으로 다가가 의자
에 앉으며 물었다.

"기다리고 있었습니다. 한잔 받으십시오."

문창훈은 그에게 잔을 권했다.

그러자 이기석은 아무런 의심 없이 잔을 받았다.

"이렇게 실장님과 술 한잔하는 것이 처음인 것 같습니
다."

문창훈은 이기석에게 술을 따라 준 후, 잔을 들어 건배
를 청하며 말했다.

이기석도 그와의 술자리가 처음이라 고개만을 끄덕거렸
다.

"이 술자리가 끝나고 우리의 마지막 인연을 끝냅시다."

문창훈은 술잔을 비운 뒤 말했고, 곧 잘 익은 고기를

아빠는
신입
사원

집어 먹었다.

이기석도 술잔을 단번에 비운 후, 고기를 집어 먹었다.

"이곳은 이석호의 작품이겠군. 그런데 그들은 어디에 있는가?"

"먼저 갔습니다. 이 모든 일을 끝내기 위해서 말입니다."

"끝내기 위해서?"

"네. 그보다 언제부터였습니까? 언제부터 이런 일을……."

"처음부터. 늙은 회장을 묶어두고 이 좋은 시스템을 장악하기 위해서 입사 처음부터 이장태와 함께 일을 꾸몄다."

이기석도 그와 한통속이었다. 어쩌면 당연하였다. 대부분의 고위급 인물들이 이장태와 손잡고 있었다.

이기석도 지상 4층의 실장이니, 결국은 실세라 불러도 될 만한 인물이었다.

"자, 이제 잔을 비웠으니, 우리의 인연도 모두 비워 버리세."

이기석이 말했다.

그러자 문창훈은 잔을 내려놓고 자리에서 일어섰고, 곧 남은 고기를 잘 포장하여 주인에게 주었다.

"이 고기를 드십시오. 참 맛있군요."

"네?"

주인은 의아한 표정을 지으며 그를 보았다. 그리고 그와 동시에 이기석을 향해 바로 달려들었다.

"회장님, 그동안 고생하셨습니다. 이만 가십시오."

이석호는 좌수가 회장이라는 것을 알 수 있었다.

회장은 이장태에 의해 얼마나 많은 시간의 되돌림을 받았는지 자신이 누군지도, 또 어떤 일을 당했는지도 모르는 것 같았다.

하지만 자신의 마음속에서는 이석호가 하는 말이 무엇인지 아는 듯, 눈가에는 눈물이 촉촉하게 드리워지고 있었다.

이석호는 좌수의 앞으로 다가가 섰다. 그러고는 손을 뻗어 그의 목을 조르려 하였다.

"무슨 짓인가!"

그때, 좌수가 버럭 소리쳤다. 그의 목소리에 박세돌이 가던 걸음을 멈춰 다시 향청으로 들어섰고, 좌수의 앞에 있는 이석호를 보았다.

"무슨 일입니까?"

박세돌이 물었다.

"아무것도 아닙니다. 그저 옷자락에 뭐가 묻어 있기에 털어드리려 했는데……."

이석호가 말을 둘러댔다.

박세돌은 좌수의 괴팍한 성격을 아는 듯, 더 이상 묻지 않고 넘어갔다.

"저기…… 자네, 나와 대화 좀 하세나."

이석호는 위기를 넘긴 후, 다시 다음 기회를 노리려 하였다. 그리고 박세돌과 함께 좌수를 두고 나가려 할 때, 좌수가 이선우를 불렀다.

이선우는 그의 앞으로 다가갔다.

그리고 그를 보았다.

"회장……."

이선우는 그의 눈을 계속하여 보았다.

그의 눈빛은 자신이 입사하여 인사를 나누던 그때 그 회장의 눈빛과 같았다.

이선우의 나지막한 말에 좌수의 눈빛이 굉장히 심하게 흔들렸다.

"영감, 내가 잠시 이 사람과 나눌 대화가 있는데, 자리 좀 비켜줄 수 있겠습니까?"

좌수는 대뜸 박세돌을 보며 말했다. 박세돌은 의아한 표정을 지으면서도 좌수의 부탁이니 어쩔 수 없이 자리를 비켜주었다.

"오래 기다렸네. 벌써 백 년은 넘은 것 같네."

"……."

이선우는 그의 말을 듣고도 놀라지 않았다. 그가 백 년을 넘게 자신을 기다렸다고 말했지만, 그가 말하는 백 년은 보통 사람들이 생각하는 그 백 년이 아니었다.

또한 회장은 그동안 잊고 있던 자신을 떠올리며 지난 과거를 모두 떠올리게 되었다.

단지 시간이 계속하여 되돌려지는 바람에 하루가 1년처럼, 어쩌면 한 시간이 1년처럼 느껴졌을 수도 있을 것이다.

"한 가지 묻고 싶습니다. 회장님을 죽이면 왜 회사가 몰락하는 것입니까?"

문창훈이 해주기로 한 답이었다. 하지만 이선우는 그 답을 회장에게 직접 듣고 싶었다.

"내가 이 회사를 만들 때, 내가 죽으면 모든 시스템도 멈추게 되는 것으로 해두었네. 하지만 그것보다 뒤늦게 알게 된 사실이 하나 있지."

"무엇입니까?"

"내가 이곳에서 죽으면…… 회사를 만든 사람의 존재도 없어지니, 회사가 설립되지 않는다는 것이네."

간단한 답이지만, 정답이었다. 장본인이 없으니 만들 수 없는 것이었다.

"하지만 이 회사의 설립 연도는……."

"미래네. 미래에서 가져온 회사네. 결국 자네가 살고 있는 그 시대에는 내 회사가 없네. 그저 미래에서 그 자체를 그대로 옮겨놓은 것뿐이네."

이선우는 이해할 수 있었다. 2211년의 회사도 보았다. 황폐해진 곳. 또 다른 회사도 있을 것이다. 그곳은 또 어떤 모습을 하고 있을지 모르는 것이다.

"알겠습니다. 그동안 좋은 경험 했습니다."

이선우는 미련이 없었다. 과거로 가서 가족을 보고, 미래로 가서 또 가족을 보았지만, 그 즐거움만 그대로 기억한 채 미련 없이 모든 것을 무너뜨리는 것이 현명한 선택이라 여겼다.

이선우는 그의 눈을 다시 보았다. 그리고 자신의 눈동자가 떨리는 것을 느꼈다.

"이곳에서 나를 죽이면 자네에게도 피해가 가네. 그러니 이것을 이용하게."

"무엇입니까?"

회장은 이선우에게 작은 종이를 건넸다. 이선우는 종이를 열어보았다.

그저 백지에 마치 유치원생이 그린 것 같은 로봇 그림이 그려져 있었다.

"이 그림을 가지고 가게. 그러면 자네들이 이곳을 떠나는 즉시, 난 내가 할 일을 모두 다했기에 그만 생을 마감할 것이네."

회장은 마치 그 그림을 이선우에게 전달해 주기 위하여 목숨을 부지해 왔다는 것과 같은 말을 하였다.

이선우는 그림을 다시 보았다. 아무리 보고 또 봐도 형편없는 그림이었다.

"그 그림은 내가 정말 좋아하는 그림으로, 나의 아버지에게 선물한 그림이네."

회장은 그림에 대해 말한 뒤, 자신의 책상으로 다가가 말없이 앉았다. 이선우는 그의 뒷모습을 보면서 잠시 동안 가만히 있었고, 이내 박한슬을 데리고 향청을 나왔다.

그가 나오자 이석호가 고개를 끄덕거렸고, 곧 세 사람은 다시 관아를 나섰다.

"이보게, 탁주 한잔하자니까?"

"미안하네. 다음에 꼭 다시 오겠네. 오늘은 내가 너무 급한 일이 있어서 말이야. 그리고 미령 아가씨에게도 잘 말해주게."

"그참, 사람도……."

박세돌은 서운했다. 하지만 이선우가 그리 급한 일이 있다고 하니, 굳이 잡아두고 술을 먹일 생각은 없었다.

박세돌은 이선우에게 손을 흔들어주며 인사했고, 이선우도 손을 흔들어주었다.

"미령인가 하는 여인은 보지 않아도 되나?"

이석호가 말했다.

그러자 이선우의 걸음이 멈추었다.

"어디에 계신가?"

"가까워. 잠시 보고 가라. 이제는 두 번 다시 볼 수 없을 테니 말이야."

그의 말대로였다. 이제는 볼 수 없다. 박세돌도, 미령도 볼 수 없다. 이선우는 그의 말대로 미령을 보러 갔다.

하지만 그녀의 앞에는 서지 않았다. 그저 먼발치에 서서 정자에 앉아 있는 그녀를 보고만 있었다.

"그만 가자."

이선우는 발길을 돌렸다. 그리고 회장이 한 말을 떠올렸다.

이선우가 이곳을 벗어나는 순간, 자신의 생명도 자동으로 끝난다고 하였다. 그렇기에 한시라도 빨리 이곳을 벗어나려 하였다.

쾅!

한편, 이기석은 문창훈을 완전히 뭉개놓고 있었다. 정말 최강이라고 생각했던 문창훈은 역시 지상 4층의 주인인 이기석에게는 이길 수가 없었다.

"제길… 언제까지 누워 있어야 해!"

또 다른 곳, 지하 50층 사무실에서는 기절해 있던 이혜령이 벌떡 일어서며 소리쳤고, 그녀의 외침에 사무실 안에 있던 모두가 그녀를 보았다.

"그러게 말입니다. 너무 지루했습니다."

곧 설서빈과 장태광도 일어섰다.

마치 지겹게 누워 있었다는 듯 말하자 박 팀장은 그들을 보며 떨리는 눈동자를 하였다.

"어서 지하 50층을 뚫어! 언제까지 저리 날뛰고 다니도록 놔둘 것인가!"

중앙 통제실에서는 지하 50층의 보안을 뚫지 못한 것을 두고 마태호가 소리쳤고, 그에 민태식이 행동을 서두르고 있었다.

"기다리십시오. 곧 됩니다."

민태식이 땀을 흘리며 답했다.

아빠는
신입
사원

마태호는 지금 일어나고 있는 일을 전혀 알지 못한 채 민태식만 들들 볶고 있었다.

  "잘 가라, 문창훈. 너의 나머지 애들도 곧 보내주겠다."

  이기석은 결국 문창훈을 잡았다. 그리고 그의 목을 들어 올리며 말했다.

  하지만 문창훈은 웃고 있었다.

  그 미소에 이기석의 인상이 구겨졌다. 주먹을 꽉 쥐며 문창훈을 향해 날렸다.

  팟팟!

  그 순간, 주위가 환해졌다. 아주 밝은빛이 일어났다. 세상에는 아무것도 없는 듯 조용했다.

Episode 5

Chapter 6

아빠는
신입
사원

"아빠 일어나세요!"

정겨운 목소리가 들렸다. 언제 들어도 마음을 편히 해 주는 아이들의 목소리였다.

이선우가 눈을 떴다. 집이었다. 어떻게 집에 있는지 알 수 없었다.

"여보, 오늘 아침 일찍 회의 있다고 하지 않으셨어요?"

"회의? 무슨 소리야?"

이선우는 자리에서 일어났다. 그러자 아내가 우유와 빵을 가져오며 말했다.

이선우로서는 처음 듣는 말이었다. 회의? 그런 것은 들은 기억이 없었다.

아니, 이제는 모든 것이 끝났을 것이다. 마지막을 장식했으니, 회사에 나갈 필요도 없을 것이다.

"여보, 나 이제······."

"지금 이 팀장님이 아래에서 기다리고 있어요."

"응? 이 팀장? 이 팀장은 누구지?"

"이 사람이? 술을 먹지도 않았는데 술 취하셨어요? 어서요, 어서요."

아내는 이선우를 툭툭, 치며 몸을 일으켰다. 정말 자신이 며칠간 봐왔던 아내가 아니었다.

이선우는 아내의 재촉에 결국 빵 한 조각과 우유로 아침을 때우고 집을 나섰다.

그리고 문 앞에 서서 멍하니 있었다. 회사는 이제 없어졌다. 더 이상 갈 곳도 없다. 그런데 이 팀장이라는 사람이 기다린다고 하니, 일단은 내려가려 하였다.

"······."

아래로 내려왔다. 앞에서 기다리는 사람은 이석호였다.

"지금 장난해? 왜 네가 이 팀장이야? 그리고 이제는 회사가 없어졌다. 그러니······."

"사장님, 지금 무슨 말씀이세요? 꿈꾸셨어요? 저 이석호 팀장입니다, 이석호요."

이선우는 그를 멍하니 바라보았다. 도저히 이해할 수

없었다. 자신에게 사장이라 말하며 차 문까지 열어주었다.

이선우는 멍하니 서 있었다. 그러자 이석호가 고개를 들어 위를 향해 인사하였다.

이선우도 고개를 들어 위를 보았다. 아내가 내려다보고 있었다.

이선우는 손을 흔들어주었다. 그리고 차에 올라탔다.

'도대체 어떻게 된 일이야? 뭐가 뭔지 모르겠네.'

그는 마지막 순간을 기억하고 있었다. 죄수가 건네준 그림을 든 채 이석호가 연 시간의 틈을 이용하여 밖으로 나왔다.

그리고 그것이 마지막이었다.

"사장님, 나오셨습니까?"

이석호와 함께 회사로 갔다. 그곳은 처음 보는 곳이었다. 하지만 그곳에 있는 사람들은 이선우에게 사장님이라 불렀다.

3층 높이의 오래된 건물에 차량도 몇 대가 있었다. 직원들도 꽤 보였다.

"이게…… 뭐지?"

이선우는 지금의 상황을 전혀 이해하지 못했다. 아니, 이해할 수 없었다. 갑자기 시간 여행이 끝나고, 자신에게 없던 회사가 생겨 버렸다.

"사장님, 오늘 거래처에서 100억 규모의 계약 건이 있습니다. 잘하셔야 합니다."

"100억? 내가? 미치겠네. 어떻게 그런 일이 있을 수 있지?"

이선우는 뭔가 하나라도 알았으면 하는 바람이었다. 하지만 전혀 몰랐다. 아니, 알 수가 없었다.

이선우는 멍하니 섰다. 그리고 다시 회사 안으로 들어섰다. 그러자 그 안에는 박한슬과 이기석도 있었다. 정말 모두가 아는 사람들이었다. 하지만 그들은 그 누구도 예전의 이선우를 모르고 있었다.

그는 회사의 한켠에 자리한 의자에 앉았다. 그러고는 고개를 숙였다.

"왜 그러시는가? 일일 사장이 이제 시작되었는데 벌써 지친 것인가, 이선우 사원?"

"네?"

고개를 숙이고 있는 이선우의 앞에서 한 사내의 목소리가 들렸다. 이선우는 천천히 고개를 들어 그를 보았다.

"문 실장님?"

문창훈이었다. 하지만 그는 문 실장이 아니었다. 기쁜 마음에 그만 기존 회사에서 부르던 그의 직함을 불렀다.

아빠는
신입
사원

"문 실장? 허허, 내가 언제부터 실장으로 좌천된 것인지 원. 그런데 일일 사장 이벤트…… 이거, 계속해야 되는 건가?"

문창훈은 이선우의 말을 들은 후, 잠시 실소를 짓더니 버럭 소리쳤다.

"아닙니다, 사장님. 오늘 이선우 사원을 마지막으로 우리 회사 전 직원 모두가 일일 사장직을 다 경험하게 되었습니다. 그러니 앞으로 일일 사장 체험은 없을 것입니다."

"그래? 그거 잘되었군. 이보게, 이선우 사원. 입사 3일차에 사장도 해보니 좋긴 하겠지만, 그렇다고 멋대로 행동하면 안 돼. 알겠는가?"

"네, 사장님."

이선우는 천만 다행이라 여겼다. 자신에게 갑자기 이런 일이 일어난다면 정말 회사를 그만둘 것이었다.

하지만 일일 사장 체험이란다. 이선우는 정말 헛웃음이 나왔지만, 마음만은 행복했다.

그리고 그는 이 작은 회사에 입사한 지 이제 고작 3일째 되는 날이었다.

즉, 그는 이곳의 신입 사원이었다.

이선우는 웃었다. 자리에서 일어나 다시 웃었다. 그리고 계속하여 웃었다.

"그런데 사장님, 오늘 이선우 사원의 마지막 사장 체험인데, 하필이면 100억 원 규모의 계약 건이 걸려 있습니다."

"뭐야! 그런 것은 실질적인 직급에서……."

"하지만 이것은 직원들과의 약속이었습니다. 절대 그 약속을 깨면 안 됩니다."

이선우에게는 아주 큰 기회이겠지만, 한편으로는 이 회사를 무너지게 할 정도로 최악의 상황이 될 수도 있었다.

"아, 힘들다."

하루의 일과가 끝났다. 이선우는 집으로 돌아왔다.

"아빠, 다녀오셨어요?"

지민이 우렁찬 목소리로 인사했다. 이어서 영민도 나와서 인사했다.

"여보, 오늘 무슨 계약 건은 어떻게 되었어요? 그러고 보니 그 회사는 대단하네요. 입사 3일차인 신입 사원에게 그 정도의 큰 규모의 계약 건을 맡기다니요."

"그러게 말이야."

이선우는 아이들의 인사를 받으며 안아주고 볼에 뽀뽀를 한 뒤, 아내의 말에는 시큰둥하게 답하며 식탁에 걸터

아빠는
신입
사원

앉았다.

"배고프다. 밥 먹자."

이선우는 씻지도 않고 식탁에 앉아서 밥 타령을 하였다.

"그러니까, 어떻게 되었어요?"

아내는 씻지도 않은 이선우에게 다른 말 없이 밥을 차려주며 다시 물었다.

"계약했지. 내가 누구야. 비록 41살의 늦깎이 신입 사원이지만, 기존에 하던 실력이 있으니 100억이고 1,000억이고 상관없어. 다 성사시킬 수 있어."

이선우는 어깨에 힘을 잔뜩 주며 말했다. 그리고 아내가 차려준 밥을 맛있게 먹었다.

'대체 어떻게 된 일이지? 그 순간 이후에 바로 이런 일이 이어지다니. 그 후에는 어떻게 되었을까……'

이선우는 밥을 먹으며 조선 시대를 떠난 후의 일을 생각해 보았다. 하지만 기억나는 것은 전혀 없었다.

아니, 자신이 어떻게 집에 누워 있게 되었는지도 전혀 기억에 떠오르는 것이 없었다.

"아빠, 나 오늘 유치원에서 그림 그렸다? 이거, 아빠 줄게요."

밥을 먹는데 영민이 다가왔다. 영민은 종이 한 장을 들고 흔들거리며 다가왔다.

그리고 이선우에게 건네주었다.

"볼까, 우리 아들이 얼마나 그림을 잘 그렸는지?"

이선우는 밥숟가락을 잠시 내려놓고 난 뒤에 영민이가
준 그림을 보았다.

"……!!!"

그리고 그림이 눈에 들어오자마자 강하게 머리를 얻어
맞은 듯한 충격을 받았다.

지금 그의 손에 들린 그림. 그 그림은 좌수가 자신에게
준 그림과 같았다.

이선우는 천천히 고개를 돌려 영민을 보았다. 그리고
눈동자를 떨었다.

자신이 경험한 모든 것, 그것은 꿈이 아니었다. 그리고
그 엄청난 것을 만들어낸 사람. 그는 바로 자신의 둘째 아
들인 영민이었다.

영민은 천진난만하게 뛰어놀고 있었다. 자신이 훗날,
어떤 엄청난 것을 만들어낼지는 모른 채. 정말 세상에서
가장 해맑은 표정으로 웃으며 뛰어놀고 있었다.

"여보, 왜 그래요?"

"아, 아니야, 아니야. 밥 좀 더 줘."

이선우가 멍한 눈빛을 하고 있자 아내가 그를 불렀다.

하지만 이선우는 별말이 없었다. 영민에 대한 말을 아내에게 할 수 없었다.

식사를 마친 후, 이선우는 따뜻한 물을 받아놓은 욕탕에 몸을 담갔다. 그리고 다시 생각했다.

그를 처음 보았을 때, 그와 악수를 나누며 서로 마주보았던 눈빛. 이선우는 그 당시 아마 그의 눈빛을 보고 이미 알고 있었을지도 몰랐다.

하지만 설마라는 생각을 하며 넘어갔다. 그리고 그 후에 많은 변화가 일어났다. 그 변화 속에서 많은 것을 알게 되고, 시간도 조절 가능하다는 것을 알게 되었다.

아마도 그때 다시 한 번 회장에 대해 생각했다면, 이선우는 회장이 자신의 아들인 것을 알게 되었을 수도 있었다.

"내가…… 겪은 것이 진실이었을까? 정말 내가 그런 일을 했을까?"

이선우는 홀로 중얼거렸다. 그리고 눈을 감았다. 눈을 감으니 3개월간 겪었던 회사에서의 일이 주마등처럼 스쳐지나갔다.

다시 눈을 떴다. 그리고 일어섰다.

샤워를 마친 그는 몸에 묻은 물을 닦은 뒤, 욕실을 나왔다.

"그런데 말이에요. 당신 배가 언제부터 그렇게 쏙 들어 갔어요? 3일 전만 해도 배가 불룩 나와 있었는데……."

욕실에서 알몸으로 나오자 아내가 그의 배를 보며 말했다. 이선우는 그제야 자신의 몸을 내려다보았다.

정말이었다. 꿈이라면 만년 불뚝이 배가 들어갈 리 없었다. 하지만 정말 그 회사에 입사한 후 먹은 알약 이후의 배로 그대로 되어 있었다.

'젠장…….'

이선우는 아내가 듣지 못하도록 홀로 중얼거렸다.

그 회사에 다닌 흔적은 고스란히 남아 있었다. 하지만 물질적인 것은 아무것도 남아 있지 않았다.

그저 자신의 머릿속에 남아 있는 것이 전부였다.

'그래, 통장!'

잠도 오지 않고 머릿속이 복잡할 때, 떠올랐다. 그곳에서 일을 하고 보수로 받은 금액들. 이리저리 적게 계산하더라도 약 2천만 원은 될 정도의 거금이 모여 있을 것이었다.

이선우는 자리에서 일어나 서랍을 열어보았다.

"왜요?"

그의 행동을 보며 아내가 물었다.

"아니야. 그냥 이곳에 있던 내 통장이 어디에 있나 해서."

"아, 맞다. 그 통장에 대해 당신에게 물어볼 것이 있었는데."

한마디로, 아내가 이미 통장을 보았다는 이야기였다.

"그 통장에 들어 있는 돈은 뭐예요? 정말 놀랐어요. 어떻게 1억 원이 넘는 돈이 들어가 있어요? 그런 거금을 가지고 지금까지 퇴사 후에 돈 없다고 말했던 거예요?"

아내가 통장을 보았다. 하지만 이선우가 생각하는 금액과는 차이가 있었다. 아무리 많이 받아도 1억 원은 되지 않아야 했다.

"통장은? 어디에 있어?"

"서랍에 그대로 두었어요. 너무 금액이 커서 그냥 두었어요."

아내가 본 것은 맞지만, 너무 큰 금액 탓에 그대로 두었다는 말이었다.

"내가 확인하고 정말 사용해도 될 돈이면 다 당신 줄 거야. 그러니 걱정하지 마."

이선우는 아내의 머리를 쓰다듬으며 말했다. 그러고는 다시 자리에 누웠다.

'잊자. 지금 옆에 아내도 있고, 아이들도 건강하게 있다. 그 일이 다시 돌아오지 않을 일이라면 잊자.'

이선우는 침대에 누워 눈을 감은 채 홀로 중얼거렸다.

"여보, 나 잠시 나갔다올게."

다음 날, 이선우는 아침 일찍 집을 나섰다. 휴일이라 회사에 나갈 일은 없었지만, 어제 통장에 찍힌 금액에 대해 확인하고 싶었다.

이선우는 통장을 들고 해당 은행으로 갔다. 그리고 통장 정리를 시작하였다.

통장은 몇 차례 지지직거리며 뭔가 찍히는 소리가 들렸다.

—정리가 끝났습니다.

곧 멘트와 함께 통장이 다시 나왔다. 이선우는 1억 원이라는 돈이 어디서 어떻게, 누구의 이름으로 들어왔는지 확인하기 위하여 통장을 펼쳐 보았다.

"……!!!"

이선우는 통장을 펼쳐 보자마자 자신의 눈을 의심했다. 바로 돈을 보낸 사람의 이름 때문이었다.

금액은 3백만 원에서부터 5백만 원, 천만 원과 3천만 원 등 여러 번 나누어 입금되어 있었다. 그리고 총금액이 1억 3천만 원이나 되었다.

아빠는
신입
사원

―사랑합니다.―

　보낸 사람의 첫 번째 이름이었다. 물론 이름이 아니고,
보낸사람란에 누군가 기입한 내용일 것이다.
　그리고 계속하여 같은 내용으로 보낸 사람란이 채워져
있었다.

　―당신의 아들로―
　―태어난 것을 정―
　―말 감사하게 생―
　―각합니다. 사―
　―랑합니다―
　―아버지―

　이선우의 눈동자는 심하게 떨렸다. 꿈이 아니었다. 정
말 꿈이 아니었다. 통장에 찍힌 첫 번째 금액의 날짜도 지
금으로부터 3개월 전에 시작되었다. 그리고 마지막 입금
은 3일 전이었다.
　이선우는 손에 든 통장을 들고 은행을 나왔다. 그리고
하늘을 보았다.
　자신이 겪은 3개월. 어쩌면 그 3개월은 이영민이 미래

에서 개발한 그 어떤 장치로 인하여 아버지를 부른 것이라 여겼다.

그리고 아버지는 아들이 원하는 것을 해결해 주었다. 언제나 아들을 위해 살아가던 아버지는 언제나처럼 또 아들을 위하여 그 어떤 것을 들어주었던 것이다.

"꿈이…… 아니었다."

이선우는 하늘을 보며 홀로 중얼거린 뒤, 천천히 걸어 집으로 향하였다.

〈『아빠는 신입사원』 END〉

아빠는
신입
사원